MORT-TERRAIN

D0943023

BIZ

Mort-Terrain

roman

LEMÉAC

Ouvrage édité sous la direction
de Jean Barbe

Illustration de couverture : Ernest Dominique
Document photographique : Chafiik

Leméac Éditeur reconnaît l'aide financière du gouvernement du Canada par l'entremise du Fonds du livre du Canada pour ses activités d'édition et remercie le Conseil des arts du Canada, la Société de développement des entreprises culturelles du Québec (SODEC) et le Programme de crédit d'impôt pour l'édition de livres du Québec (Gestion SODEC) du soutien accordé à son programme de publication.

ISBN 978-2-7609-3377-4

© Copyright Ottawa 2014 par Leméac Éditeur
4609, rue D'Iberville, 1ᵉʳ étage, Montréal (Québec) H2H 2L9
Dépôt légal – Bibliothèque et Archives nationales du Québec, 2014

Imprimé au Canada

À Marie-Anne, Alice et Louis

À Nicole, Étienne, Jean-Yves et Paul

grands visages de l'effroi zébrés de silence
clameurs de toutes couleurs peintures de guerre
au seuil d'un pays sans nom

Roland Giguère, «Ancêtres», *Forêt vierge folle*

Tous ces peuples pâtissent tant quelquefois qu'ils sont presque contraints de se manger les uns les autres pour les grandes froidures et neiges.

Samuel de Champlain, *Des Sauvages,*
ou Voyage de Samuel Champlain de Brouage,
fait en la France nouvelle, 1603

Les commissions d'enquête du Bureau d'audiences publiques sur l'environnement examinent dans une perspective de développement durable les projets qui leur sont soumis en appliquant la notion retenue par les tribunaux supérieurs, laquelle englobe les aspects biophysique, social, économique et culturel.

Gouvernement du Québec,
Bureau d'audiences publiques
sur l'environnement,
Projet minier aurifère
Canadian Malartic, juillet 2009

1

Le contexte local et régional

Dans sa suite de l'hôtel Sheraton au centre-ville de Toronto, John Smith exulte. De sa fenêtre, il contemple en souriant les têtes d'animaux sculptées dans le bassin du square Nathan Phillips. Puisque sa bouche a des lèvres très minces, quasi inexistantes, ça donne un bizarre sourire de reptile. Il porte un peignoir avec le monogramme de l'hôtel. La robe de chambre est beaucoup trop courte pour son interminable corps filiforme. Il sourit néanmoins.

La réunion annuelle des actionnaires s'est très bien déroulée. Il faut dire que les résultats de cette année sont exceptionnels et dépassent les attentes les plus optimistes. Les états financiers consolidés indiquent une augmentation des bénéfices de trois cent cinquante pour cent. Au sortir de la rencontre, le cours de l'action a bondi jusqu'à deux cent vingt dollars, une première. Les nouveaux projets de la compagnie ont tous été approuvés à l'unanimité. Et plus alléchant pour les actionnaires : les prévisions de rendement pour l'année prochaine s'annoncent encore meilleures.

John Smith a grand faim. Lorsqu'on frappe à sa porte, il va ouvrir en marchant à grandes enjambées. Un jeune Pakistanais aux cheveux d'un noir d'encre roule un chariot rempli de plats au centre de la pièce. Smith signe le reçu, et le garçon quitte rapidement, comme frappé de malaise devant ce corps trop long et cette bouche sans lèvres.

Smith tire une chaise et enlève les couvre-plats, dévoilant un festin pantagruélique. Deux poulets entiers, trois T-bones saignants empilés, un rôti de porc, un jambon et une assiette de saucisses. Que de la viande. De ses doigts osseux, il empoigne un poulet et le dévore à pleine bouche. Il déchire la chair plus qu'il ne la mastique, avec d'insupportables bruits de succion et des grognements contentés.

Après dix heures de route, j'arrivais enfin à destination, alors que le soleil d'août distillait ses dernières lueurs dans le rétroviseur. C'est à ce moment-là que j'ai frappé le chevreuil. J'étais fatigué et j'avais dû fixer la pancarte un peu trop longtemps. *Bienvenue à Mort-Terrain – Misons notre avenir.* Mort-Terrain. Totalement glauque comme nom de village. J'ai appris plus tard que c'est comme ça qu'on appelle la terre stérile extraite d'une mine. Mais surtout, la devise clochait : *Misons notre avenir.* C'était évidemment une faute. On mise *sur* notre avenir et non pas *notre* avenir. À moins de jouer au poker. À bien y penser, c'est pas mal ce que je faisais en déménageant ici. Tout mon avenir *all in.*

Quand je suis revenu à la route, je n'ai vu que les yeux de la bête figés dans les lumières de mon char. Deux globes métalliques de mort-vivant. J'ai freiné à en défoncer le plancher. Les roues ont bloqué et le capot a plongé. Je savais que je n'arrêterais pas à temps. Bang ! Une montgolfière m'a explosé au visage. La voiture a basculé sur le côté droit et s'est immobilisée dans le fossé, au milieu d'une talle de magnifiques petites fleurs mauves en épis. Les coussins gonflables me comprimaient le visage et la ceinture me sciait la hanche. Je suis sorti péniblement en poussant la portière vers le haut. Rien de cassé, mais totalement sonné. Sur mon pare-brise étoilé s'étalait le cadavre du chevreuil. Ses longues pattes étaient pliées dans des angles bizarres d'araignée. J'étais paralysé par la violence de la mort.

Ils sont arrivés. Un en quatre-roues. Deux dans un pick-up noir et un autre au volant d'une remorqueuse à plate-forme. Les véhicules se sont garés de l'autre bord de la route, sur le bas-côté. Le conducteur du pick-up est débarqué, a fait claquer sa portière avec autorité et s'est avancé en me tendant une main gigantesque.

— Tu dois être le nouveau docteur. Moi, c'est Stéphane Bureau. Comme le gars de la télé.

J'ai serré sa main mollement en bredouillant :

— Julien Daigneault.

Un petit bossu cinquantenaire avec une veste Texaco s'est accroupi devant ma voiture pour constater les dégâts. Il a arraché un morceau de calandre qui pendait en émettant un long sifflement :

— Pas solides, ces petits chars là.

Un type avec une casquette John Deere perchée sur le haut de sa tête a renchéri :

— C'est faite pour la ville. Toute est en plastique. T'es chanceux en ostie de pas avoir pogné un orignal.

Ils semblaient plus préoccupés de mon auto que du chevreuil. Stéphane Bureau a indiqué le devant de son camion avec son pouce gauche. Comme plusieurs travailleurs manuels, il avait l'extrémité des pouces exagérément recourbée.

— À c'temps-ci, les orignals on les frappe comme des mouches. C'est pour ça qu'on met des grilles sur nos *trucks*.

La calandre était effectivement protégée par un enchevêtrement de tuyaux chromés, qui donnaient au camion une allure agressive de blindé paramilitaire. Bureau a poursuivi :

— Veux-tu ramener le chevreuil ? Tu pourras pas l'empailler, mais tu peux garder la viande. C'est quand même un six pointes.

Tout allait trop vite, je ne comprenais rien. J'avais l'impression qu'ils parlaient en mandarin. John Deere m'a relancé comme s'il s'adressait à un enfant :

— Le bambi. C'est toi qui l'as tué. C'est à toi.

Sans réfléchir, j'ai répondu :

— Non merci, je suis végétarien.

Ils m'ont regardé comme si je leur annonçais que je mangeais des roches. Bureau a répliqué :

— Icitte, un végétarien, on appelle ça un mauvais chasseur.

Ils se sont esclaffés grassement. Sur un signal de Stéphane Bureau, John Deere et un matamore avec un t-shirt orange Husqvarna ont empoigné la bête. Le sang avait coagulé rapidement à cause de la chaleur du moteur, et il y a eu un bruit affreux de velcro lorsqu'ils ont retiré le corps désarticulé du capot. Sans ménagement, ils ont jeté la carcasse dans la boîte du pick-up. J'avais regardé l'opération sans rien dire. Je devais être livide. Bureau a décrété :

— Toi, t'as besoin d'un verre. Tu vas embarquer avec Dave. Ti-Nouche, tu vas *tower* son char à l'hôtel. On se rejoint au bar.

Ainsi fut fait. C'est donc agrippé au porte-bagages d'un quatre-roues Yamaha Grizzly 700 SE que je commençais ma carrière de médecin à Mort-Terrain.

La nuit était définitivement tombée. L'air frais était pur et sentait bon l'épinette. Je n'avais jamais vu les étoiles aussi nombreuses et lumineuses. La promenade en quatre-roues m'avait éclairci les idées. Il fallait que je me ressaisisse. J'avais raté mon entrée, mais je pouvais encore sauver les meubles. Après tout, j'allais être leur médecin.

Le bar était attenant à la réception de l'hôtel Le Manoir. Une salle miteuse, faiblement éclairée, avec des fauteuils de taverne en bois, une table de billard et un néon Budweiser. Une pénétrante odeur d'essence et de bran de scie m'a sauté aux narines. Dave m'a escorté à la table de Stéphane Bureau. Avec son t-shirt sans manches et son mohawk coupé dru, son ascendant sur le cénacle ne faisait aucun doute. La moitié du village devait être à ses côtés pour m'accueillir. J'exagère, ils devaient être une douzaine. À leur mine réjouie, je devinais que mon histoire avait déjà fait le tour de la place. La table était remplie de shooters. Il ne restait qu'une seule chaise de disponible. Il m'a invité à m'asseoir en me tendant un verre.

— Au nouveau docteur de Mort-Terrain !

Il hurlait pour couvrir le mauvais rock que crachait un immense haut-parleur suspendu par des chaînes au-dessus de nous. Nous avons tous vidé les verres d'un trait. J'étais intronisé comme une vedette. Ça commençait bien. Bureau m'a présenté tout le monde. À commencer par lui-même. Bûcheron de métier et chef syndical de la scierie de Mort-Terrain, il a synthétisé ainsi son rapport avec autrui :

— Si t'es drette avec moi, m'as-t-être drette avec toi.

Pour s'assurer que j'avais bien compris, il a planté ses yeux bruns de grizzly dans les miens. Ensuite, il m'a tendu une bière en me donnant une claque sur l'épaule avec sa grosse patte. La dernière fois que j'avais bu de la Bud, c'était à mon initiation en médecine. J'avais oublié à quel point c'était mauvais.

Dave était son frère cadet. Un mastodonte au cou musculeux, qui marchait comme s'il tenait des oranges sous ses aisselles. Il travaillait lui aussi à la scierie. À part son frère, tout le monde l'appelait Ti-Dave, parfois même le gros Ti-Dave. Je trouvais cet oxymoron très original, mais j'ai gardé ça pour moi. Le gros Ti-Dave était du genre à se câlisser des figures de style comme de ses premières bottes à cap. À ce que j'ai pu comprendre, il était peu loquace et complètement soumis à son aîné.

John Deere s'appelait en fait Sylvain Sauvageau. Courtaud et baraqué, il avait un large visage bronzé barré d'une fine moustache. C'était un ami d'enfance de Stéphane. Sylvain était chômeur depuis la dernière, et je cite, « crisse de mise à pied sale » de la scierie. Son regard mobile d'épervier trahissait une grande souffrance. Il semblait amer et à cran.

Bureau m'a pointé un Indien solitaire attablé au fond de la salle. Il avait un beau visage calme, des yeux verts et des longs cheveux noirs attachés en queue de cheval. Selon mon hôte, Jim était correct. Cool et travaillant. Pas comme les autres parasites de la réserve de Mézézak.

— Un crisse de bon chasseur en plus. Pis au moins, y sait boire, lui.

Bureau lui a fait signe de venir nous voir. Jim a levé la main d'un geste ambigu, moitié salut, moitié aucun-danger-que-je-me-joigne-à-vous. Son flegme m'intriguait. Bureau m'a lancé :

— Fais-toi-z'en pas, y est un peu sauvage.

Réfléchissant à ce qu'il venait de dire, il a poursuivi :

— C'est normal, C'EST un Sauvage ! Ha ! Ha ! Ha !

Riant de son mot, il le répétait à qui voulait l'entendre. À Montréal, on m'avait mis en garde contre les mouches et le froid abitibien, mais pas contre le racisme et les jeux de mots douteux.

Ti-Nouche est venu nous rejoindre. C'était un petit farfadet à lunettes, toujours de bonne humeur, avec des jambes et des bras trop grands. Il s'est assis à côté de moi.

— J'ai *towé* ton char en avant de l'hôtel. Comme ça tu vas pouvoir prendre tes affaires. Je devrais être bon pour te trouver un *windshield* demain. Y a une bonne job de débossage sus ton *hood*. Faut changer ton radiateur aussi. Ça devrait être fini la semaine prochaine.

Son zèle m'impressionnait. Selon Bureau, Ti-Nouche était le meilleur garagiste de toute l'Abitibi.

— Euh, merci ben monsieur Ti-Nouche. Combien je vous dois?

— Laisse faire le «monsieur», pis paye-moi une bière.

J'ai fait signe à la serveuse. Au moment de régler, elle a insisté : ce soir c'était sur le bras de la maison. Nathalie était une belle brune dans la quarantaine, dont on devinait qu'elle avait beaucoup vécu. Elle régnait avec diligence et autorité dans son bar. Aux dires de Bureau, c'était un méchant pétard à vingt ans, et même aujourd'hui, elle demeurait, selon ses propres mots, «encore très fourrable». La fatigue creusait son visage, mais elle avait la taille fine et les bras bien découpés. Ses jeans étaient aussi moulants qu'une pellicule de cellophane.

Pour prouver sa domination de mâle alpha, Bureau lui a ramassé une miche, qu'il a pressée comme un pamplemousse. Elle s'est retournée avec la fougue d'un ninja et lui a sacré une claque sonore en pleine face, sous les exclamations des spectateurs. Elle a conclu avec un index pointé en baïonnette.

— Toi, mon ostie, tu me toucheras pus jamais.

L'assemblée retenait son souffle. On n'entendait que les lamentations de la guitare de Scorpions. Bureau a concédé la victoire, en lançant à la cantonade :

— Est ben farouche. C'est pour ça qu'on l'aime.

La tension s'est dissoute instantanément. Tout le monde a ri. Nathalie est retournée au bar, fière comme une panthère, en ondulant sa belle croupe. Tout était redevenu normal, mais j'éprouvais un malaise diffus. J'avais quand même été témoin de harcèlement sexuel, et il ne m'était même pas passé par la tête

17

d'intervenir. Bien sûr qu'à Rome il faut faire comme les Romains, mais la morale peut-elle être élastique à ce point? L'inacceptable à Montréal peut-il être banal au fond de l'Abitibi? D'un autre côté, la fille avait du chien et n'avait pas eu besoin d'une psychanalyse pour régler le problème. Peut-être que ça marchait comme ça ici.

Mais ce qui me troublait le plus, c'est que j'avais eu envie moi aussi de lui pogner le cul, à cette cougar. Enhardie par l'alcool et l'effet de meute, ma part animale décuplait. Mais ce n'était pas le moment de manquer de jugement. Je débarquais sur une nouvelle planète, avec de nouveaux codes que je ne maîtrisais pas du tout. Et je n'avais encore rien vu. Il fallait que je reprenne le contrôle. Je me suis levé pour aller aux toilettes.

Je me vidais en fixant les tuiles craquelées au-dessus de l'urinoir. Éjecté par la porte battante, un vieux soûlon est venu se soulager à ma droite. Il tentait de se stabiliser avant de dézipper son pantalon. Il s'est mis à pisser en baragouinant un soliloque inintelligible. Je ne comprenais rien, mais je souriais en ponctuant son délire de «c'est sûr» et de «hum» approbateurs. Il me regardait de ses grands yeux suppliants d'ivrogne, sans s'apercevoir qu'il se pissait dessus. J'ai pris congé un peu rapidement.

À mon retour, Bureau m'a appris que mon compagnon d'urinoir était Denis Morel, un pharmacien retraité. Comme premier contact avec mon seul collègue médical, on aurait pu espérer mieux. Voyant que mon énergie déclinait (j'avais quand même dix heures de char dans le corps), Bureau a commandé d'autres shooters. À partir de là, c'est devenu flou. J'ai un vague souvenir de musique trop forte et de discussions vaseuses.

*

Je me suis réveillé dans une chambre d'hôtel, tout habillé, avec l'hémisphère gauche du cerveau qui voulait me sortir par l'orbite. Remords et douleurs typiques d'un atroce lendemain de brosse. Je n'avais aucun souvenir de m'être rendu ici. Toutes mes affaires avaient été débarquées de mon auto, même ma grosse valise beige pleine de livres.

Après une douche salutaire, j'ai changé de vêtements. Ceux de la veille empestaient la cigarette. Ça me revenait maintenant. Nathalie avait permis à la tablée de Bureau de fumer. Ils ne s'étaient pas gênés. Moi-même, je m'y étais mis. Je n'avais pas fumé depuis le party d'initiation en médecine et je comprenais pourquoi ce matin : je toussais comme un vieillard phtisique.

Je suis descendu déjeuner au restaurant de l'hôtel. J'étais seul. J'ai commandé l'assiette de crêpes, qui devait contenir autant de gras que la dose mensuelle maximale recommandée par la Fondation des maladies du cœur. Le café était imbuvable, mais j'en ai pris deux tasses.

Dehors il faisait beau et ma voiture avait disparu. Mon mal de crâne m'empêchait de réfléchir. J'essayais de replacer les événements dans l'ordre. Le chevreuil, la brosse au bar, mon réveil dans la chambre, mon char disparu. Elle commençait bien, ma carrière à Mort-Terrain. À quoi je m'attendais avec un nom pareil ? Sur Internet, c'était bien charmant, avec ses deux lacs et sa pourvoirie. Mais en réalité, c'était le rectum du Québec. J'aurais dû accepter l'offre de la clinique privée de Côte-des-Neiges au lieu de m'expatrier au bout du monde. Quelle bravoure de me soûler pour me voler ma voiture. Le gros cave de Bureau avait sûrement monté le coup.

J'avais les sinus congestionnés comme l'échangeur Turcot et je me sentais minable de naïveté.

J'avais rendez-vous dans une heure au centre de santé. Il fallait absolument que je retrouve mon char. Le soleil cuisait la rue Principale déserte. Ne manquait que la boule de brindilles roulante du Far West. Des pick-up étaient stationnés en épi, à angle de 45 degrés. Mais pas ma voiture. Tout était laid et vieux dans ce village aux façades de clabord décolorées. Plusieurs vitrines vides affichaient à louer. L'enseigne rouillée du garage Lucien Vaillancourt grinçait sous la brise. Son couinement se mêlait aux stridulations des grillons et accentuait la pesanteur du silence.

La porte coulissante du garage était remontée et on entendait quelqu'un trimer sous un véhicule en sifflant. Mon char! Je me suis approché. La face de Ti-Nouche barbouillée de cambouis a coulissé de sous mon auto.

— Salut, doc. J'ai commandé tes pièces, mais ça ira pas avant la semaine prochaine. C'est la première fois que je touche à une hybride, faut toute faire venir de Montréal.

Il a propulsé le petit chariot sur lequel il était couché et s'est remis sur pied. Pas vraiment un nain. Ses jambes et ses bras semblaient normaux, mais son torse était atrophié et tordu. Il a enlevé ses lunettes et s'est essuyé le visage avec un mouchoir imbibé de graisse. Dans sa combinaison trop grande pour lui, il avait vraiment l'air d'un gnome sorti d'une mine de charbon.

J'étais honteux de tout le mal que j'avais pensé de mes nouveaux concitoyens.

— Merci Ti-Nouche, vous êtes vraiment…

— Arrête de vouvoyer tout le temps. Icitte on dit *tu* à tout le monde. Même au docteur. Va falloir t'habituer.

— T'es vraiment généreux de réparer mon char sans que j'aie rien demandé.

— Icitte on s'entraide. Moi, je m'occupe de ton char, pis toi, tu vas t'occuper de mes bobos.

— Oui, mais moi, j'aurai pas besoin d'aller chercher les morceaux à Montréal.

— Faudrait que je soye magané en tabarnak!

Nous avons ri franchement. Il me plaisait, ce petit bonhomme.

— Je peux-tu faire un téléphone? Faudrait que j'appelle un taxi.

Il a ri derechef en franches cascades sonores.

— Arrive en ville, doc. Y a pas de taxi à Mort-Terrain. On est même pas sept cents dans le village.

— C'est parce que j'ai rendez-vous au centre de santé. D'après ce que j'ai vu sur Internet, c'est pas vraiment dans le village.

— Le dispensaire est sur la réserve. À dix minutes de char. T'as juste à prendre le quatre-roues de Steph.

— Faudrait quand même y demander avant.

— Ben non. C'est son vieux. Je viens de finir de le réparer. Tu y rapporteras quand t'auras ton char.

J'étais mal à l'aise d'accepter, mais ça m'enlevait une épine du pied. Il m'a escorté jusqu'au VTT stationné sur le côté du garage, parmi des épaves automobiles dispersées dans un champ de petites fleurs mauves. Certaines plantes poussaient même à travers les carcasses rouillées. Ça aurait pu être une installation d'art contemporain intitulée *La nature reprenant ses droits*.

Je n'avais pas conduit de quatre-roues depuis ma jeunesse au chalet du lac Burn, près de Baie-Comeau. J'ai démarré laborieusement. Ti-Nouche souriait.

— Fais attention aux bambis!

J'ai klaxonné et pris de la vitesse sur la rue Principale, toujours déserte. À la sortie du village, une pancarte rouillée et trouée par des plombs de fusil indiquait la direction de Mézézak et du lac Mistaouac. J'ai filé un bon bout sur la petite route de terre qui menait à la réserve avant de réaliser que je n'avais pas de casque. La liberté me grisait. Bordée de ces jolies fleurs magenta, la route semblait serpenter dans l'infini des épinettes.

Sur le haut d'une butte, une maison était nichée dans une clairière, enclave d'humanité au milieu d'un désert végétal. Humanité, fallait le dire vite. J'ai ralenti pour observer l'habitation.

J'ignore comment j'ai eu le temps de capter autant de détails. D'abord la vieille station-wagon brune, sans enjoliveurs et sans plaque, dont la vitre arrière avait été remplacée par une pellicule de plastique. Puis la maison. Une lugubre baraque délabrée, de style victorien, dont le bois nu avait la teinte grisâtre des vieux os. Et, enfin, la véranda chambranlante, dont le perron était encombré d'un bric-à-brac indescriptible. C'est là qu'ils se tenaient. Trois générations de crasseux. Assise sur le divan, la vieille avait une robe informe, un tablier et des bas de nylon roulés à mi-mollet. Elle écrasait une cigarette dans un cendrier plein, dont le pied était une patte d'orignal. Affalé sur l'accoudoir, un maigrelet en bedaine, bigarré de tatouages monochromes, dépeçait une cannette de Bud avec un poignard. Un douze était appuyé sur le divan. À côté de la crosse, une boîte de cartouches rouges renversée sur la galerie. Deux enfants sales roulaient des cigarettes à l'aide d'une machine à manivelle. Enfin, une jeune fille aux cheveux hirsutes tenait un bébé en couche sur ses genoux. Le nourrisson mâchonnait une cartouche de fusil. Ils me regardaient d'un air mauvais, avec leurs yeux pourris par la pauvreté. La vraie pauvreté. Pas la pauvreté temporaire des étudiants. Celle qui se transmet comme une malédiction, qui noircit les ongles et fait tomber les dents.

La maison a disparu, mais pas le funeste souvenir de ses habitants. C'était mes futurs patients. Je commençais à mesurer dans quoi je m'étais embarqué en acceptant le poste à Mort-Terrain.

Aucune pancarte n'annonçait la réserve de Mézézak. On débouchait brusquement sur un hameau en bordure du lac Mistaouac. Le centre de santé trônait à l'entrée du village. Son architecture élégante, tout en courbes, tranchait avec la laideur des bicoques aux façades en papier coupe-vapeur noir. Quelques enfants et des chiens qui traînaient dans la rue m'ont regardé stationner. J'ai salué les jeunes avec chaleur. Aucune réaction. Ils m'observaient de loin, circonspects.

Un grand gaillard dynamique aux cheveux blancs est sorti m'accueillir sur le balcon. Il a toisé mon quatre-roues, narquois.

— Les routes sont si mauvaises que ça à Montréal?

— Non, j'ai eu un petit accident avec mon auto en arrivant hier. C'est le quatre-roues de Stéphane Bureau.

J'ai monté quelques marches. Sa poignée de main était vigoureuse.

— Bienvenue à Mort-Terrain, docteur Daigneault. Viens, on va passer dans mon bureau. Comme tu vois, après quinze ans, j'ai pris le pli des gens de la place. Même moi, je tutoie les docteurs.

Du tac au tac, j'ai répondu:

— Tu fais bien, tu fais bien…

Le docteur Comeau a souri en m'invitant à entrer. En passant devant le secrétariat, il m'a présenté la réceptionniste Geneviève, une belle ronde vive et chaleureuse. La bâtisse était propre, moderne et décorée de magnifiques œuvres d'art autochtone. Le cabinet du docteur (mon futur cabinet, ai-je noté avec satisfaction) était une grande pièce lumineuse, dont l'immense fenêtre donnait sur le lac. À gauche, la salle de consultation, à droite, un immense bureau de bois clair. Ce meuble me rappelait la grande table dont les pattes massives avaient sauvé la vie à Hitler lors d'un attentat dans le film *Walkyrie*. Dessus, deux aigles sculptés dans des panaches de chevreuils prenaient leur envol. Comeau m'a indiqué une chaise. Il m'a fixé longuement avant de prendre la parole.

— Je vais te parler franchement, Julien. T'as pas été choisi pour le poste parce que t'étais le meilleur. Je t'ai choisi parce que t'étais le seul à postuler.

Mon ego a encaissé le coup. Il a poursuivi :

— Comme tu le sais, je pars la semaine prochaine et j'ai pas eu beaucoup de temps pour me trouver un successeur. Autrement dit, j'ai pris le premier stagiaire du bord. Ça fait pas de toi un mauvais docteur. Ça veut juste dire que t'es le seul qui a eu le goût de venir ici.

Tout en ponctuant ses phrases avec des coups de crayon sur son bureau, le docteur Comeau m'a raconté l'histoire de la réserve et de Mort-Terrain. À l'origine, la communauté algonquine de Mézézak se trouvait à quelques kilomètres au sud, sur la berge ouest du lac Wawagosic. Dans les années cinquante, on a découvert de l'or en dessous de la réserve. Appuyée par le gouvernement fédéral, la minière a déplacé les Indiens au lac Mistaouac, à peu près sans leur demander leur avis. Mais l'argent de la mine a réussi à acheter le silence des chefs de bande.

Adossé à la nouvelle mine, Mort-Terrain a été fondé en 1954. Au plus fort de sa prospérité, le village a déjà compté deux mille personnes. Mais dans les années soixante, le prix de l'or a baissé et la mine a fermé. Ça a été le début d'un long déclin. À Mézézak, des chefs de bande d'une nouvelle génération ont interpellé le gouvernement fédéral en disant que les Algonquins n'avaient jamais cédé leurs droits ancestraux sur leur territoire. Évidemment, l'affaire a traîné devant les tribunaux, jusqu'en Cour suprême. Le gouvernement a finalement réglé le litige hors cour en faisant bâtir un centre de santé sur la réserve. Une superbe bâtisse, conçue par l'architecte du Musée des civilisations à Hull. Avec de l'équipement à la fine pointe. Tout ça pour trois cents Indiens et sept cents Morterrons.

Il m'a laissé le temps d'assimiler l'information, avant de m'éclairer sur le travail de médecin à Mort-Terrain.

— Ça sera pas facile pour toi, Julien. On est au bout du monde ici. Les gens sont tissés serré. Il n'y a pas beaucoup de nuances. Soit t'es leur allié, soit t'es leur ennemi.

Il a fait une pause, et sa mâchoire s'est crispée. Il a repris :

— Mais c'est du ben bon monde.

— Ils sont très généreux en tout cas.

— C'est vrai. Mais y a rien de gratis ici. S'ils te rendent service, ils attendent quelque chose en retour. C'est la loi du talion. Ils se font justice eux-mêmes. C'est des *toughs*, même les filles. C'est un monde assez violent.

Je repensais à la claque que la serveuse avait servie à Bureau.

— Moi qui croyais que la campagne, c'était la santé.

— C'est plutôt l'inverse. Selon les statistiques, les gens des régions sont en moins bonne santé, vivent moins longtemps et sont plus sujets aux accidents que les citadins. La vie est rude ici. Et l'isolement, ça pèse à la longue. Surtout en hiver. En tant que médecin, t'es seul au front. Tu dois être joignable en tout temps.

— Au moins, on est bien équipé.

— Ah, pour ça oui. Faut toujours ben qu'il y ait des avantages à travailler chez les Indiens.

— Justement, comment ça se passe avec les Autochtones ?

— C'est l'enfer. Mézézak, c'est le tiers-monde à moins quarante. L'espérance de vie est de soixante-quatre ans. Ça, c'est quinze ans de moins que le reste du Québec. Obésité, diabète, malnutrition, alcoolisme, polytoxicomanie, violence familiale, suicide, pauvreté, c'est un concentré de tous les problèmes de santé publique. Pis pas moyen de faire de prévention : y veulent rien savoir des Blancs.

Quand il parlait des Amérindiens, la bouche de Comeau se plissait de mépris, comme s'il avalait du vinaigre.

— Au début, j'ai essayé de les aider, mais y a rien à faire avec eux autres. Quand y en a un qui vient au centre, je le soigne, c'est sûr. Mais je cours pus après eux autres. S'ils veulent rester dans leur marde, qu'est-ce que tu veux qu'on fasse ?

Dit comme ça, c'était moins bucolique que sur le site Internet. Je devais avoir l'air déconfit, car il s'est levé pour venir me toucher l'épaule avec sollicitude.

— C'est pas si pire que ça. J'ai *toffé* quinze ans pis ch'us encore vivant. Et pis la paye est bonne. Très bonne, même. Tu restes ici quelques années, pis après tu retournes à Montréal comme un prince. Vois ça comme de l'aide humanitaire en Afrique.

Son cynisme et sa condescendance me dégoûtaient, mais je n'en laissais rien paraître. Quand il aurait décrissé, ce serait moi le seul maître à bord. D'ici là, mieux valait assurer une transition harmonieuse.

— T'as sans doute raison.

— C'est sûr que j'ai raison. Viens, on va faire le tour de ton royaume.

Il m'a fait visiter le centre. C'était vraiment au-delà de toutes mes espérances. Échographe, rayons X, tout était neuf et performant. J'étais un enfant dans un Toys R Us. Il a gardé le meilleur pour la fin : une salle de chirurgie dernier cri, avec assistance télématique

26

et bistouri laser! Comeau s'amusait de mon ravissement.

— Pour ce qui est des bébelles, Mort-Terrain, c'est le rêve de tout médecin. Si c'était pas si loin...

Il m'a fait pénétrer dans une petite salle dont trois des murs étaient couverts par des classeurs.

— C'est ici qu'on range les dossiers médicaux de tous les habitants du village et de la réserve.

Il a fait coulisser un rayon et pris un dossier au hasard.

— Elzéar Vaillancourt. Soixante-dix-huit ans. On lui a posé une hanche artificielle à Rouyn en 98. Souffre d'hypospadias. Une malformation de l'urètre qui l'empêche d'éjaculer. Comme Maurice Duplessis. C'est pour ça que le cheuf est resté vieux garçon toute sa vie. Comme Elzéar, d'ailleurs. Un ben bon bonhomme.

Il a ouvert un autre classeur et pigé un dossier.

— Ici c'est Mézézak. Guylaine Papati, quarante-trois ans. En 2001, amputation des jambes. À cause du diabète. Malgré tout, elle boit son 26 onces par jour. Quatre enfants. Pathétique.

Il a rangé le document.

— T'auras tout le temps de regarder ça cette semaine. C'est important que tu connaisses ton monde. Mais là, on va dîner. Si t'as rien apporté, va falloir aller au dépanneur. Fais pas le saut, c'est pas une épicerie fine.

C'était peu dire. Le dépanneur de la réserve était en fait un petit dépôt sans aucun aménagement, avec des tablettes en *plywood* où s'empilaient quelques conserves. Des rubans jaunes séchés, entièrement couverts de cadavres de mouches, descendaient du plafond comme d'affreuses stalactites. Le frigo contenait des murailles de caisses de Bud et des jéroboams de liqueur. Pour un végétarien, le choix était plutôt restreint. J'ai opté pour une root beer et une canne d'Alphaghetti. Derrière le comptoir, le mur était couvert de cartons de cigarettes de toutes sortes. La caissière fumait et placotait en algonquin (ou en cri, ou en attikamek, qu'en savais-je) avec deux gars. Ils me regardaient paisiblement avec leurs yeux bridés. Pour peu, j'aurais pu être dans un dépanneur montréalais tenu par des Vietnamiens. C'était quand même incroyable d'imaginer qu'il y a dix mille ans les ancêtres de ces gros adolescents avaient quitté les steppes mongoles et traversé à pied le détroit de Béring pour parvenir à peupler tout le nord-est de l'Amérique.

— Six et vingt-huit.

Incrédule, je lui ai fait répéter le prix de mon *épicerie*. J'avais bien compris, six dollars et vingt-huit cennes pour une liqueur et des pâtes en canne. À Montréal, pour ce prix-là, j'avais une assiette pleine au restaurant Les Vivres. J'ai payé sans dire merci, en répétant comme un autiste :

— Six et vingt-huit !

J'ai dîné rapidement en compagnie du docteur Comeau et de la secrétaire Geneviève. Ils ont rigolé de ma stupeur face à la cherté de la vie dans le Nord. Eux avaient apporté leur lunch.

Malgré ma fatigue de lendemain de brosse, je me suis plongé avec avidité dans l'étude des dossiers médicaux des Morterrons. C'était passionnant d'avoir accès à autant de détails personnels sur mes nouveaux concitoyens. D'un seul coup, je connaissais toute leur histoire et tous leurs secrets. J'ai appris par exemple que Ti-Nouche (de son vrai nom Lucien Vaillancourt, neveu d'Elzéar) était tombé d'un toit à douze ans et qu'il avait eu le haut du corps plâtré pendant un an et demi. Le retard de croissance de son tronc expliquait sa petite taille et sa difformité. J'étais au courant de tous les cas de vaginites et d'herpès du village. J'ai su aussi que le gros Ti-Dave avait reçu une bûche en pleine face et qu'il portait maintenant un dentier.

Ce voyeurisme m'enivrait. Je faisais l'aller-retour entre les classeurs et la salle à manger avec des piles de dossiers, que j'épluchais avec fébrilité. J'avais dépassé le stade du médecin qui s'informe de ses patients. Je faisais des liens et tentais d'établir des connexions entre les êtres et les incidents qui avaient marqué leur destin. En croisant les données, on pouvait même retracer une partie de l'histoire du village et de la région. Par exemple, les nombreuses infections pulmonaires durant les années cinquante et soixante correspondaient à l'exploitation de la mine d'or. Et il y avait effectivement une incidence anormalement élevée de maladies chroniques chez les Algonquins de Mézézak. C'en était alarmant.

Pour le nouvel arrivant que j'étais, ce classeur était la caverne d'Ali Baba. Il me permettait de me mettre à niveau instantanément avec le passé et le présent des Morterrons. Ces informations étaient l'ultime fantasme du fouineur compulsif que j'étais devenu.

Si le docteur Comeau n'était pas venu me dire de rentrer chez moi à seize heures trente, je ne sais pas jusqu'à quand j'aurais pu continuer ces fouilles dans le cortex de Mort-Terrain.

Sur le chemin du retour, je prenais plaisir à conduire le quatre-roues. J'avais la route à moi tout seul. Autour de moi, les épinettes défilaient en accéléré. Ça me changeait des bouchons du boulevard Décarie. Mes escapades adolescentes au chalet me revenaient. Mes dérapages contrôlés aussi. Soudain, embusquée dans un chemin forestier, une voiture de la SQ a démarré en trombe et m'a poursuivi avec ses gyrophares. Je me suis immobilisé exactement en face de la maison victorienne.

La famille avait disparu. La station-wagon aussi. J'ai éteint le moteur. Celui de la voiture s'est tu. Les mains agrippées aux poignées, la tête baissée, j'attendais de me faire chicaner comme un enfant.

Une portière a claqué derrière moi. Des pas ont commencé à crisser dans la gravelle. Une tourterelle roucoulait sa tristesse en boucle. Comme un avertissement. Mon cœur battait trop vite et je serrais les poignées du guidon trop fort. Tabarnak! Je roulais sur une route sans casque avec un quatre-roues pas plaqué. J'étais seul au milieu du bois. Et j'étais dans la marde.

Le flic s'est planté à ma gauche en enfonçant ses pouces dans son ceinturon. C'était un beau jeune homme qui ressemblait à Marc-André Grondin. Il mâchait de la gomme en me regardant durement.

— Vous savez que c'est interdit de circuler sur une route municipale avec ce type de véhicule. Pas de casque en plus.

— C'est parce que mon auto est brisée, pis…

— Permis de conduire.

Il a examiné brièvement mon permis et me l'a rendu en détaillant mon VTT.

— C'est le quatre-roues de Stéphane Bureau, ça.

Il s'est raidi en reculant lentement. Il a posé la main sur l'étui de son pistolet.

— Monsieur Daigneault, je vais vous demander de me suivre jusqu'à mon véhicule.

— Mais c'est Ti-Nouche qui me l'a prêté. Le temps qu'y répare mon auto. C'est parce que j'ai frappé un chevreuil en arri…

— Ah, t'es le nouveau docteur? Fallait le dire.

Il s'est détendu, et son visage s'est éclairé d'un sourire.

— Martin Langevin. Bienvenue à Mort-Terrain, doc. Ch'us content de te rencontrer. T'arrives de la job?

— Oui.

— Pis comment t'aimes ça?

— Ça se passe très bien avec le docteur Comeau. Le centre de santé est vraiment bien équipé. Les gens

30

sont accueillants. Je pense que je vais me plaire à Mort-Terrain. C'est vous qui patrouillez le secteur?

— En plein ça. Mon territoire s'étend de Matagami à La Sarre. Ça m'en fait pas mal. Ch'us pas souvent dans le coin, mais si t'as besoin de moi, fais-moi signe.

— C'est bon à savoir. Au revoir monsieur l'agent.

— Appelle-moi Mart, comme tout le monde. Salut doc.

Il m'a serré la main, avant de remonter dans son auto et de faire demi-tour vers Mézézak. Il m'a salué de deux petits coups de sirène. J'étais de nouveau seul sur le bord du chemin. Le vent faisait frissonner les feuilles d'un tremble. Avec sa façade en lambeaux, la maison avait l'air d'avoir la lèpre. Elle me fixait de ses fenêtres vides comme des orbites énucléées.

J'ai tenté de redémarrer le quatre-roues. Rien à faire. Le moteur rotait sans se mettre en marche. La panique me gagnait.

Imbécile. J'avais oublié de *déclutcher*. Le moteur a vrombi, et je suis parti en propulsant des gerbes de gravelle. Avant de quitter, j'ai cru voir une ombre s'effacer derrière la fenêtre de la lucarne. Je détestais cette maison.

J'ai vu arriver les premières bâtisses du village avec soulagement. La rue Principale était animée et grouillait de pick-up, dont la majorité avait de longues antennes repliées en arc le long de la boîte. J'étais claqué. J'avais besoin de réfléchir. Mais je devais passer à l'épicerie. J'ai déniché un Axep sur la deuxième rue. Un Bonichoix lui faisait face. Autant de concurrence pour un si petit village étonnait. Au Axep, je n'ai rien trouvé de ragoûtant pour un végétarien, sinon quelques légumes anémiques. Pas de tofu. Même pas de légumineuses en canne. Par contre, une rangée complète était consacrée aux chips et à la liqueur. C'était à peine mieux au Bonichoix. J'ai mis la main sur une canne bosselée de fèves rouges, du fromage, un pain et du jus d'orange.

— Vingt-quatre et trente-quatre, monsieur.

Ma main s'est crispée sur mon porte-monnaie. C'était un complot ou quoi? On me chargeait plus cher parce que je n'étais pas de la place? Je comprenais pourquoi mon salaire était si élevé. La bouffe était hors de prix dans le Nord. Vingt-cinq piasses pour une canne de bines et un pain! J'ai payé en grommelant. La caissière avait un cul gigantesque et louchait. Tant pis pour elle.

De retour à ma chambre à l'hôtel Le Manoir, j'ai bouffé ma pitance en parcourant mon volume de *La flore laurentienne*. Je cherchais le nom des petites fleurs mauves qui poussaient partout à Mort-Terrain. Il n'y avait pas de connexion Internet à l'hôtel. Ça me faisait bizarre de chercher de l'information à l'ancienne, sans Google ni Wikipédia. Je me sentais comme un moine copiste du Moyen Âge découvrant le génie des philosophes grecs. L'ouvrage de Marie-Victorin était d'une prodigieuse exhaustivité. Cet atlas végétal unique était plus qu'un simple traité de botanique. Il permettait de comprendre, de nommer et d'aimer le Québec, comme nul poème ou discours politique ne pourrait jamais le faire.

Je n'ai pas trouvé le nom des petites fleurs mauves. Je me suis néanmoins endormi avec en tête des images de pétales émarginés et de feuilles ensiformes, qui s'enchaînaient en un paisible fond d'écran kaléidoscopique. N'importe quoi pour ne pas penser à Sophie.

*

Le lendemain, j'étais en pleine forme. Vers dix heures, alors que j'étais plongé dans les dossiers des Morterrons, Comeau est venu me chercher en me tendant un sarrau.

— Docteur Daigneault, vous avez votre premier patient.

Je l'ai suivi en enfilant ma blouse prestement. Dans la salle de consultation, un gros type habillé en chasseur avec une casquette des Patriots de la Nouvelle-Angleterre était assis sur la table d'examen. La tête baissée, il tenait sa main gauche entourée d'un bout de tissu ensanglanté. Debout à ses côtés, Jim s'est avancé vers moi calmement en me serrant la main.

— Bonjour docteur. C'est Rick, un de mes clients. Un Américain de Boston. On pêchait sur le lac, et il s'est rentré un hameçon dans la main.

Je me suis lavé les mains rapidement avant de revenir vers l'infortuné pêcheur.

— *OK Rick, show me your hand, please.*

Il a déroulé le pansement et m'a présenté une énorme main boudinée, croûtée de sang. L'hameçon était en effet enfoncé jusqu'à la hampe dans la partie charnue de la paume, entre le pouce et l'index. Je me suis tourné vers Comeau, en lui lançant avec autorité :

— Il va falloir le geler pour inciser.

Il m'a tendu une seringue et une fiole d'anesthésiant.

— *Don't move, sir. It's gonna be quick and painless.*

Pendant que je nettoyais sa main, il se mordillait la lèvre pour ne pas gémir. Je l'ai piqué en m'adressant à Comeau comme s'il était une infirmière.

— Scalpel… pinces… écarteur…

Il m'a tendu les instruments qu'il avait déjà préparés. J'ai opéré promptement. L'incision était nette et l'hameçon est ressorti facilement, presque sans déchirer de chair. J'ai posé un petit pansement-agrafe pour refermer les lèvres de la plaie. Soulagé, Rick s'est laissé glisser de la table en retombant lourdement sur ses pieds. Il a sorti de sa poche une liasse de billets et m'a tendu un 100 $ avec le portrait de Benjamin Franklin.

— Meuwci, docteuh.

— *Euh, you know sir, here in Québec, we have a public health care system and you don't have to pay me.*

— *I know your system and we should have the same in U.S. This is an appreciation for your good job. Come on Jim, trouts are waiting for us.*

Francophile et progressiste. Décidément, on était loin de l'auditeur moyen de Rush Limbaugh. Rick a mis le billet dans la poche de mon sarrau avant de quitter d'une démarche chaloupée. Ses bottes de caoutchouc couinaient à chacun de ses pas. Jim m'a salué et a suivi son client.

Comeau était content de moi, et je m'étais fait cent dollars. Comme première intervention, c'était parfaitement réussi.

*

Les semaines suivantes ont été à l'avenant. J'avais passé le test avec Comeau : il me faisait confiance. Il a supervisé mon premier suivi de grossesse : Katie Mowatt, une Algonquine de quinze ans. Sitôt sortie du centre, je l'ai vue s'allumer une cigarette. Pauvre fœtus, y en aura pas de faciles.

Je me familiarisais avec mon nouveau milieu de vie. J'ai appris notamment la devise informelle de Mort-Terrain : c'est de même parce que c'est de même, pis c'est ben correct. Même si certaines coutumes m'irritaient, je m'y pliais. Elles avaient sans doute du bon. Par solidarité, tous les Morterrons faisaient leur épicerie en alternance chez Bonichoix et Axep. C'était à la fois admirable et ridicule, mais ça permettait aux deux commerces de subsister et à plus de monde de travailler.

Même si l'Abitibi profitait d'un boom minier, les jobs étaient rares et précieuses à Mort-Terrain.

Plusieurs villageois travaillaient à La Sarre, à deux heures de route. Dans le Nord, la durée du trajet ne dépend pas du trafic, mais de la connaissance du parcours. Les locaux anticipent chaque courbe où ralentir, chaque montée où accélérer et chaque ligne droite où dépasser. Sur un trajet de deux heures, ils peuvent facilement rogner vingt minutes.

Le réseau routier de Mort-Terrain est assez rudimentaire. Le village est traversé par la route de Joutel, dite route Principale. Au nord-est, la route gagne la 109, qui relie Matagami au nord et Amos au sud. Au sud-ouest, la route Principale mène à Macamic et La Sarre. En plus des huit rues du village, quantité de chemins de bois quadrillent le territoire. Techniquement, Mort-Terrain est une localité relevant de la municipalité de Baie-James. Mais puisque leurs centres urbains de référence sont La Sarre et Rouyn, la majorité des Morterrons se sentent rattachés à l'Abitibi.

Le village est à dix minutes des lacs Mistaouac et Wawagosic. Situé au nord, le premier est englobé dans le territoire de la réserve de Mézézak. On y compte une pourvoirie et quelques chalets autochtones. Au sud, la rive ouest du lac Wawagosic est défigurée par l'ancienne mine d'or à ciel ouvert. Des montagnes de terre stérile (le fameux mort-terrain) ont forgé un paysage lunaire, sans aucune végétation. Les parois grises sont striées de longues vergetures creusées par l'écoulement des eaux. On dirait un ventre de femme enceinte moulé dans la lave. L'endroit est prisé par les jeunes pour y faire du quatre-roues et des feux de camp. Sur la rive opposée, on compte une dizaine de maisons et chalets. Les deux lacs sont des plans d'eau magnifiques, où il fait bon se baigner, canoter et pêcher.

J'ai finalement trouvé un endroit où me loger définitivement. Après son départ, le docteur Comeau a proposé de me louer sa maison à un très bon prix. Il m'aimait bien et semblait pressé de partir. C'était une charmante construction en bois, de style chalet suisse, avec d'immenses verrières et une galerie qui donnaient sur le lac Wawagosic.

2

Les risques d'effondrement

Tel que promis, Ti-Nouche a réparé mon auto. Le travail était impeccable, et il ne m'a fait payer que les pièces. Je fréquentais le bar de l'hôtel presque tous les soirs. C'était l'agora du village et tout le monde y passait prendre les nouvelles du monde. Pour les Morterrons, le monde connu est circonscrit à l'Abitibi.

Un soir que j'étais attablé au bar de l'hôtel avec les frères Bureau, Stéphane m'a lancé :

— Demain, on descend à La Sarre. Ça va être lette. Tu vas venir avec nous autres ?

Son intonation n'était pas claire. Ça avait plus l'air d'un ordre que d'une question.

— Faut que je voie si je peux me libérer, mais ça devrait aller. Faites-vous ça souvent ?

— Chaque premier vendredi du mois.

Le gros Ti-Dave a parlé. C'était la première fois que j'entendais sa voix :

— Pour les gars qui ont pas de job, le premier, c'est le seul jour où ils peuvent avoir du fun.

En tant que chef syndical, Stéphane a senti le besoin de se justifier en s'adressant directement à moi.

— J'aimerais ben ça donner de la job à tout le monde, mais crisse, la mine est fermée pis y en a pus d'bois ! Je peux toujours ben pas en chier !

Il a tapé un grand coup de sa main ouverte sur la table.

— Déjà que ceux qui restent ont coupé leurs heures pour garder un maximum de postes.

Visiblement, le sujet l'échauffait. J'avais compris que l'emploi était tabou à Mort-Terrain. Il y avait les travailleurs et les chômeurs. Comme chacun pouvait changer de camp sans préavis, tout le monde se soutenait. Les mieux nantis comme Stéphane étaient souvent généreux et se gardaient une petite gêne dans la démonstration de leur richesse. Les deux frères Bureau gagnaient très bien leur vie, pourtant ils étaient habillés comme tout le monde, en jeans et bottes à cap. Et comme beaucoup de monde à Mort-Terrain, ils exhalaient en permanence des effluves d'essence et de bran de scie. Seul leur camion de l'année trahissait leur statut.

Le lendemain, on s'était donné rendez-vous devant l'hôtel à dix-huit heures. L'été refusait de baisser pavillon et il faisait exceptionnellement chaud. Assis dans une chaise devant le stationnement, le vieux Zéar Vaillancourt ne se rappelait pas un mois de septembre aussi doux. C'était comme un été des Indiens sans fin et ça mettait tout le monde de bonne humeur.

Martin Langevin est arrivé le premier dans sa Subaru modifiée. La voiture était d'un bleu électrique, avec des flammes blanches givrées, des jantes chromées et un aileron arrière. En civil, il n'avait pas l'air d'un flic. Son t-shirt à têtes de mort ailées laissait paraître un entrelacs de motifs celtiques tatoués sur son biceps droit. Il m'a salué d'une poignée de main de style tir au poignet. Nos deux paumes ont claqué comme un bouchon de champagne. Manifestement, il pétait le feu.

— Salut doc. C'est cool que tu viennes avec nous autres. À soir, on va te montrer comment qu'on se *tape* la face à Mort-Terrain.

Sylvain Sauvageau a stationné son vieux pick-up Toyota tout rouillé à côté de la rutilante Subaru. Le contraste entre les deux véhicules illustrait parfaitement le schisme de l'emploi à Mort-Terrain. Sauvageau avait laissé tomber sa casquette John Deere et portait lui aussi son plus beau jeans et un t-shirt propre. Il nous a salués énergiquement avant de boxer gentiment le torse de Langevin.

— Tempête, mon Mart! Tempête!

L'autre a répliqué et les deux se sont chamaillés comme des oursons. Un gros pick-up noir aux vitres teintées a tourné le coin de la 1re Avenue à toute vitesse avant de se stationner en dérapant sur la gravelle. Le camion était lavé et sa carrosserie brillait comme du goudron frais. Avec la grille sur la calandre qui faisait office de mors, on aurait dit le cheval du Diable dans les contes de Louis Fréchette. Les frères Bureau sont sortis et ont refermé leurs portières en même temps. Tout le monde s'est salué avec enthousiasme, sous le regard impassible de Vaillancourt, toujours assis sur sa chaise.

Les quatre compères étaient identiques. C'en était déprimant. Même carrure baraquée, mêmes cheveux hérissés par le gel, même bronzage, mêmes t-shirts à col en V, mêmes jeans délavés et mêmes espadrilles techno à velcro. Des clones sortis de n'importe quelle téléréalité. Eux-mêmes n'avaient aucune conscience de leur homogénéité. À l'ère 2.0, le kétaine planétaire percolait partout.

Si on les plaçait en ordre de taille, du gros Ti-Dave à Sylvain Sauvageau, c'était les Dalton. Et moi, avec ma chemise framboise et mes chaussures italiennes, j'étais Lucky Luke. Nous sommes entrés dans le bar de l'hôtel comme dans un saloon, en nous dirigeant au comptoir.

Stéphane a pris les opérations en mains:

— OK, les gars, pas le temps de niaiser. Nat! Shooter de vodka!

À cette heure, il n'y avait que deux clients. Le pharmacien Denis Morel, qui bombardait la serveuse

41

de monologues insignifiants, et un vieux qui lisait le *Journal de Montréal* de l'avant-veille, en tournant les pages comme si c'était un papyrus ancien. Nous avons trinqué bruyamment avec Nathalie. Les gars ont fait claquer leur verre renversé sur le comptoir.

Nathalie nous a regardés avec un regard à la fois envieux et maternel.

— Amusez-vous, les gars. Soyez prudents.

Sauvageau a répondu :

— Tempête !

Dehors, j'ai demandé à Langevin :

— On prend combien d'autos ? Moi je peux conduire, mais pour revenir va falloir…

— On embarque toutes dans le truck à Steph. Tu vas voir, c'est pas mal mieux que l'autobus.

Stéphane et Dave étaient déjà dans la cabine. Sauvageau escaladait la boîte. En m'approchant, j'ai découvert un vieux divan de cuir adossé à la cabine. Stéphane s'est assuré qu'on était tous montés avant de démarrer en trombe. Il a crié en klaxonnant :

— *All aboard !*

Le vieux Vaillancourt nous a regardés partir, imperturbable. Cinquante ans plus tôt, c'est lui qui aurait conduit le camion en criant. Au théâtre de la vie, on est tout d'abord acteur de soutien, puis premier rôle, et enfin spectateur, en attendant la tombée du rideau.

Nous sommes partis vers l'ouest par la rue Principale, comme des cowboys au soleil couchant. Par la fenêtre de la cabine, le gros Ti-Dave nous a passé des cannettes de Bud. Affalé confortablement entre Langevin et Sauvageau, je buvais ma bière en regardant les dernières maisons du village se dissoudre dans les épinettes noires.

Grande carcasse décharnée à l'écorce sombre et tachetée de mousse verdâtre, l'épinette noire (de son nom savant *Picea mariana*) a l'air d'un cancéreux en phase terminale. En dépit de sa laideur, elle est parfaitement adaptée au rude climat nordique et règne en impératrice incontestée sur la forêt abitibienne. Ici, pas de place pour la vanité du saule ou les coquetteries chromatiques de l'érable. Pour s'enraciner en Abitibi, il faut être coriace.

La voix chaude et calme de Johnny Cash filtrait de la cabine. Sylvain m'a donné un coup de coude en hurlant dans le vent :

— On est-tu ben, doc! Ostie qu'on est ben! T'essaieras ça, de te promener en divan avec de la bière à Montréal! Pis on peut pas se faire arrêter par la police. Est ici la police!

Langevin a crié de joie en tendant sa cannette pour trinquer. Sauvageau avait raison. Je n'avais pas été aussi heureux depuis que Sophie m'avait *flushé*.

Ma bière terminée, je me suis installé à genoux sur le divan, les bras appuyés sur le toit de la cabine, pour profiter des dernières lueurs du jour. Sur la ligne d'horizon, un clair-obscur rosé dressait un ultime et dérisoire rempart contre la nuit. L'air chaud me caressait le visage, improbable sirocco boréal chargé de résine et d'humus. À gauche de la route, j'ai repéré l'endos de la pancarte *Bienvenue à Mort-Terrain*. On voyait encore les traces de mon auto qui disparaissaient dans le fossé. Sylvain a tressailli :

— Eille doc, c'est ici que tu t'es planté. Une crisse de chance qu'on est venus te chercher. Tu serais encore là à regarder le chevreuil sur ton *hood*.

— Une chance, certain. D'ailleurs, comment vous avez fait pour savoir que j'étais là?

Langevin a laissé tomber laconiquement :

— À Mort-Terrain, c'est pas long que toute se sait.

J'étais arrivé depuis quelques semaines et j'avais l'impression que ça faisait dix ans. J'avais été coupé de mon ancienne vie aussi subitement qu'un nouveau-né de son placenta. En cas d'amputation, il faut brûler rapidement la plaie. En déménageant à Mort-Terrain, j'avais cautérisé le moignon de ma vie avec Sophie.

La main du gros Ti-Dave est sortie de la fenêtre avec un joint. La plaquette de sa gourmette dorée était retournée. Évidemment, son prénom était gravé. Peu importe son état, il pourrait toujours savoir qui il était. À son décès, son cadavre allait pouvoir être identifié aussi facilement que celui d'un GI au Viêt Nam.

J'ai pris une puff. Le pot était fort et goûteux, avec un arrière-goût de sous-bois. Il m'a immédiatement embrouillé l'esprit. Je l'ai fait circuler. Sylvain Sauvageau pompait du coin de la bouche, en plissant les yeux, comme si sa vie en dépendait. Langevin lui a enlevé le joint avant de le repasser en dedans.

La nuit avait pris toute la place maintenant. Ronde comme une assiette de porcelaine, la lune occupait son coin de nappe étoilée. La forêt formait une masse compacte, obscure et mystérieuse. Les phares projetaient deux paraboles de clarté sur la route, qui semblait glisser sous le camion. Surélevé comme je l'étais, il me semblait être dans un avion qui roulait sur une piste sans jamais décoller.

Soudain, une silhouette est apparue dans les phares. Bureau a braqué dans la voie de gauche pour l'éviter. Heureusement, j'ai pu m'agripper aux projecteurs sur le toit. Le camion a tangué en crissant, avant de revenir dans la voie de droite. Sauvageau s'était renversé de la bière dessus et tentait d'éponger le plus gros.

— Tabarnak, Steph.

En montrant la silhouette qui s'éloignait derrière nous, Langevin s'est écrié :

— L'Indien !

Je me suis retourné pour apercevoir le contour d'une forme humaine rapidement avalée par la nuit.

La lune était pleine, et j'ai eu le temps de remarquer que la silhouette ne projetait aucune ombre. Le gros Ti-Dave s'est retourné pour la regarder disparaître. En se rassoyant, il a confirmé à son frère d'un ton lugubre :

— C'était l'Indien.

Je me suis informé à la cantonade.

— C'est qui, l'Indien ?

— C'est des niaiseries, a répondu Sauvageau avant de boire le reste de sa cannette et de la jeter sur la route.

La cannette a rebondi et roulé dans le fossé. Langevin a répliqué :

— C'est pas des niaiseries, crisse, on vient de le voir. (Il s'est tourné vers moi.) Toi, tu l'as vu ?

— Il me semble que j'ai vu quelque chose, mais…

Sauvageau a voulu clore le sujet.

— C'était sûrement un bambi. Ti-Dave, passe-moi une bière.

Déjà, le souvenir était moins net. J'étais sceptique, mais curieux. Je me suis adressé directement à Langevin.

— C'est qui, l'Indien ?

Sauvageau s'est crispé en me fixant méchamment. Ce n'est pas l'intensité de son regard qui me faisait peur, mais sa mobilité. Ses yeux noirs étaient deux fusibles grésillant, au bord du court-circuit.

— C'est rien, OK ! Juste des niaiseries de Kawish.

Je n'ai pas insisté. Encore à cran, il a crié par la fenêtre de la cabine :

— Eille Ti-Dave, ça va faire, Johnny Cash ! Mets donc Lamb of God.

L'affaire était classée. Je me suis calé dans le divan. Un riff de guitare tranchant comme une scie chirurgicale s'est échappé de la cabine. À ma gauche, Sauvageau s'est retourné.

— Plus fort !

Dave a monté le volume au moment où la batterie embarquait. Comme tout le monde, j'avais eu ma passe Metallica. Mais là, on était à un autre niveau. Appuyé contre la cabine, je ressentais physiquement la puissance du son. Les staccatos de *bass drums* me pilonnaient la cage thoracique comme des rafales de mitrailleuses lourdes. Les cymbales explosaient comme des obus. Le napalm des guitares enflammait mes tympans. La voix s'étranglait en hurlements suraigus ou explosait en grondements caverneux. C'était violent et totalement grisant. Assis dos à la route, le paysage fuyait sous mes yeux. Comme si une entité invisible retraitait à toute vitesse sous les assauts du blitzkrieg musical.

À mes côtés, Sylvain battait la mesure frénétiquement sur ses cuisses et hochait de la tête comme un autiste. Il était au cœur d'une transe mystique multisensorielle. Il avait eu raison de vouloir monter le son ; le métal, ça s'écoute fort ou pas du tout.

Presque sans crier gare, les premières lueurs sont apparues. D'abord quelques lampadaires au phosphore devant des entrepôts de tôle ondulée en forme de demi-cylindre. On aurait dit des coquilles d'œufs de dinosaure. Puis, graduellement, les premières maisons de Malartic, avant-poste d'humanité fragile face à l'infini de la forêt. Le camion a ralenti et tourné à droite dans le deuxième rang, qui était en fait la 111 Ouest. On avait bien roulé.

À vingt heures pile, on entrait à Macamic (« castor boiteux » en algonquin). Ornée d'un castor, la pancarte en bois sculpté disait : *Bienvenue à Macamic – Une ville de choix.* D'un point de vue sémantique, la devise était correcte. Mais qualifier une agglomération de deux mille sept cent vingt-six âmes de ville, ça tenait de la fausse représentation. La rue principale ressemblait à celle de Mort-Terrain et de tous les autres villages nordiques, avec ses façades en clabord et ses pick-up stationnés en épi.

Cinq minutes plus tard, on arrivait au bar érotique Le sous-bois. Je n'étais pas allé aux danseuses depuis l'initiation en médecine. Ce soir, ça me convenait parfaitement. Ce serait l'occasion de découvrir les ressources naturelles de l'Abitibi. Bureau a coupé le moteur et la musique s'est tue. Le stationnement était plein.

Sauvageau a sauté de la boîte avec énergie.

— Tempête, les boys !

À l'exception de Sylvain, tout le monde avait l'air songeur. Bien décidé à profiter de sa soirée, il a fouetté les troupes.

— *Come on*, les boys ! C'est rien qu'un ostie de fantôme de Kawish. Enweille Steph, sors la craie !

Dissimulés derrière le volant, ils ont aspiré de la coke sur une clef. Moi, j'ai passé mon tour. Ragaillardis, les gars sont entrés dans le bar en reniflant. La musique était assourdissante. Stéphane a donné une tape dans le dos du portier en lui tendant un vingt dollars. Il nous a dirigés vers une banquette occupée par quatre jeunes, qu'il a chassés avec autorité. Nous étions des marquis aux premières loges du théâtre. Sylvain trépignait de joie. Langevin et Stéphane avaient repris vie eux aussi. Seul le gros Ti-Dave semblait encore préoccupé.

Le bar était bondé et bourdonnant. Sur la scène, une grande noire s'enroulait autour du poteau, python tentateur au paradis des plaisirs. La salle était très sombre, éclairée aux *black lights*. Plusieurs filles arboraient du blanc sur leurs vêtements et la phosphorescence les rendait irréelles. Les sirènes circulaient vers les isoloirs, chacune traînant derrière elle un gars par une laisse invisible. Hypnotisés par ses courbes, les types suivaient leur maîtresse avec le regard dans le cirage.

Une jolie serveuse s'est penchée judicieusement pour nous offrir le sillon lacté de son décolleté. Je suis certain d'avoir été le seul à remarquer l'intelligence de son regard; les autres étaient vissés à ses seins. Voyant que je regardais mes amis la regarder, elle m'a fait un clin d'œil avant de se retourner pour m'offrir sa croupe en s'en allant. Ça allait être une très bonne soirée.

Les danseuses se succédaient. Elles avaient le temps d'une chanson pour capter les regards, appâter un pigeon et le plumer dans l'isoloir. C'était surtout des panthères noires aux fesses surdimensionnées. Je me suis informé à Sylvain, qui m'a répondu en me hurlant à l'oreille :

— Ça a l'air qu'y a trop de négresses qui dansent à Montréal. Faque ils nous envoient leur surplus. Moi, je m'en câlisse. Ch'us pas raciste; une plotte, c't'une plotte.

Excellente façon de diversifier l'immigration en région. À cause de leur rareté, les Caucasiennes avaient la cote. Quelques-unes étaient plutôt dodues, ce qui tranchait avec les F1 artificielles de Montréal. Quel que soit leur type de corps, les filles étaient très à l'aise avec leur anatomie. Ça les rendait toutes désirables. En tant que médecin, j'étais bien placé pour savoir que la plupart des gens sont laids tout nus.

La serveuse est revenue avec des shooters et un seau de bières. Elle a trinqué avec nous avant de repartir au bar. Plusieurs gars venaient saluer Steph. On aurait dit un évêque à qui l'on baisait la bague pour obtenir des indulgences. Dave s'est levé pour aller fumer dehors. Je l'ai suivi.

J'ai accepté la cigarette qu'il me tendait en marchant. J'avais plus ou moins arrêté le tabac, mais là c'était pour fins d'enquête. On fumait en silence sur le côté du bar. L'air était pur et doux. Un lampadaire éclairait péniblement le stationnement. Tout autour, la forêt nous assiégeait. Appuyé au mur, Dave regardait pensivement au loin. J'attendais le bon moment pour l'aborder.

— C'est quoi, l'affaire de l'Indien ?

Il m'a regardé. Il a soupiré en soufflant deux traits de fumée de ses narines. Après avoir regardé autour de lui, presque à contrecœur, il a laissé tomber :

— Dans les années soixante-dix, on a retrouvé un Indien mort sur le bord de la route. Quelqu'un l'avait sûrement frappé en char. Ou peut-être une van... y était magané en tabarnak.

Il m'a regardé avec l'air d'un enfant qui demande s'il a assez mangé pour sortir de table. J'en voulais plus.

— Pis ?

— Quand sa famille est venue pour chercher le corps, y avait disparu.

— Comment ça, c'est sa famille qui est venue chercher le corps ? Pour les accidents de la route, c'est l'ambulance qui ramasse les cadavres.

— Ben, dans ce temps-là, c'était pas de même.

Sur la défensive, il a ajouté :

— Ça a toujours été compliqué avec les Indiens.

Je commençais à comprendre.

— Ça a pris combien de temps avant que la famille le récupère ?

Dave s'impatientait, comme s'il se sentait coupable.

— Je sais pas, moi. Quelques jours, peut-être.

— Vous l'avez trouvé, pis vous l'avez laissé là comme une charogne. Sans avertir personne.

Il ne jouait plus seulement défensivement, il *dompait* carrément la *puck* dans le fond.

— Eille, j'ai rien à voir là-dedans, j'étais même pas né, OK ?

— Qu'est-ce qui est arrivé après ?

— Depuis ce temps-là, le fantôme de l'Indien apparaît des fois sur la route. Surtout les soirs de pleine lune.

— À part à soir, l'avais-tu déjà vu?

— Une fois ou deux. Mais on dirait qu'à chaque fois ch'us pas sûr.

— C'est vrai, cette histoire-là?

Il a enlevé très lentement la cigarette de sa bouche en me regardant avec des yeux de bovin.

— Ouain.

— Mais pourquoi personne n'a averti la police?

— Qu'est-ce que tu voulais qu'y disent? Personne savait rien. C'est un accident, c'est toute.

— Dave, c'est un meurtre. Avec délit de fuite.

Il s'est raidi en levant le ton.

— Personne sait c'est qui qui a fait ça. C'est du passé, c't'affaire-là.

— Mais le fantôme, pourquoi tu penses qu'il apparaît sur la route depuis cinquante ans?

— Je sais pas… peut-être pour se venger…

— Avoue qu'y aurait de quoi. Pis si ça avait été un Blanc, penses-tu qu'ils l'auraient laissé sur le bord de la route?

Ça, c'était la question qui tue. Dave était nerveux et tortillait sa gourmette.

— Je le sais-tu, moi?

— Vous les aimez pas, les Indiens, hein?

— Non. Pis eux autres non plus, y nous aiment pas. Pis fais-toi pas d'idées. Même si tu les soignes, y t'aimeront pas. Y haïssent les Blancs. Pis nous autres, on les haït. C'est de même. Eille, je vais rentrer, moi.

Il a lancé son mégot dans le stationnement avant de marcher vers l'entrée. La gravelle crissait sous ses pas lourds et rythmés. Je ne sais pas de quoi j'avais le plus peur: le fantôme d'un Indien vengeur ou la méchanceté des Morterrons.

À mon retour dans le bar, le DJ a demandé au public d'accueillir Wendy, une petite brunette toute en muscles et en seins. Elle a exécuté une chorégraphie acrobatique au son de «In the Air Tonight» de Phil Collins. Alors que ses consœurs se contentaient de s'exhiber paresseusement ou de se trémousser vulgairement, Wendy proposait une routine complexe et raffinée, parfaitement en phase avec la musique. Son petit corps souple se déliait avec une fluidité toute féline. C'était émouvant de voir réconciliées tant de grâce et de puissance. Et profondément sexy. Sans que je m'en rende compte, une érection avait soulevé mon pantalon comme un chapiteau.

Elle a terminé son numéro suspendue la tête en bas, les jambes totalement écartées le long de la barre transversale à laquelle elle était accrochée. Elle a mérité, et de loin, les applaudissements les plus nourris de la soirée. Dave et Stéphane m'ont regardé avec amusement manifester mon appréciation. Elle a remis son bikini avant de se diriger vers notre banquette. Elle a salué Stéphane d'un clin d'œil en lui passant la main dans les cheveux. Souriante, elle m'a demandé :

— Je peux m'asseoir ?

— Avec plaisir.

Elle s'est assise à côté de moi. Elle avait un visage de souris rongé par l'acné, avec des yeux d'un bleu très pâle. Et quel corps. De près, ses seins étaient encore plus pleins, et ses muscles, mieux découpés.

— C'est toi le nouveau docteur à Mort-Terrain ?

— Euh, oui.

— T'es pas mal plus beau que l'ancien.

Elle me faisait des yeux doux. Elle a incliné le tronc négligemment en comprimant ses seins entre ses biceps. Elle me caressait doucement la cuisse.

— Ça te tente-tu d'aller m'examiner ?

J'étais dérouté. Bureau riait.

— Enweille doc, c'est moi qui paye. Deux tounes, Wendy !

51

Elle m'a pris par la main pour me remorquer jusqu'à l'isoloir. Mon genre de femmes, c'était plutôt les grandes minces. Là, c'était tout le contraire : un petit corps compact taillé à la gouge dans le granit, que je pouvais tâter à loisir. Et je ne m'en suis pas privé. Assis sur la banquette, j'avais la bouche sèche de désir. Complètement arquée vers l'arrière, elle avait posé une jambe sur mon épaule. Avec mes doigts, je radiographiais son ventre, ses cuisses et ses mollets, à la recherche d'une seule molécule de graisse. S'asseyant sur moi en ondulant, elle m'offrait des fesses impeccables. Tellement fermes et cambrées que j'aurais pu y faire rebondir un vingt-cinq sous. Elle s'est ensuite tournée pour me présenter ses seins comme d'autres offrent des fleurs.

C'était la première fois que je tâtais des seins rembourrés. La rotondité, la symétrie et la fermeté des implants étaient évidemment exemplaires, mais leur souplesse et leur ductilité m'ont agréablement surpris. Mon confrère avait vraiment fait du beau travail. J'avais beau chercher partout, je ne trouvais pas les cicatrices. À croire qu'elle avait avalé les prothèses. Ses larges aréoles et ses petits mamelons durs étaient parfaitement positionnés en plein milieu des globes. Son torse avait l'air d'une tête de hibou avec deux gros yeux ronds. Appuyée contre la cloison, elle m'écrasait ses miches dans le visage, visiblement ravie de son pouvoir. À ce moment, elle aurait pu me demander d'avaler un verre d'acide à batterie, j'aurais obéi sans discuter.

Dans ces conditions, deux chansons, c'est à la fois éternel et court. Je suis sorti de l'isoloir à regret, la tête vide, avec des lambeaux de souvenirs qui s'effilocheraient malheureusement trop vite. À mon retour à la banquette, les gars m'ont accueilli en riant. Sauvageau m'a tendu une bière.

— Tempête, doc !

Wendy m'avait suivi. Elle s'est assise sur les genoux de Stéphane avant de le frencher à bouche-que-veux-tu. Ça commençait à devenir malaisant. Langevin a donné un coup de coude à Stéphane.

— OK, dis-y asteure.

Stéphane et Wendy se sont tournés vers moi en souriant.

— Julien, je te présente ma blonde Krystel. Krystel, c'est Julien.

J'ai serré mollement sa main tendue sous les hurlements de babouins de Langevin et Sauvageau. Même Dave riait. J'avais blêmi d'un coup. Mon inconfort était total.

— Euh, s'cuse-moi, Steph. Je savais vraiment pas que…

— As-tu eu du fun, au moins?

— Euh, oui… je veux dire, non… euh… pas trop…

— Comment ça, pas trop? T'a trouves pas belle?

Plus je m'expliquais, plus je m'enfonçais.

— Oui, très belle. Mais je savais pas que c'était ta blonde. Avoir su, je…

Sauvageau et Langevin pleuraient de rire. Je voulais disparaître. Bureau m'a donné une claque sur l'épaule.

— C'est correct, doc, ch'us pas jaloux.

Sauvageau s'essuyait les yeux.

— Fais-toi-z'en pas, y m'a fait le même coup. T'aurais dû voir ta face. Ça valait mille piasses.

J'ai calé la moitié d'une bière pour me remettre. Steph et sa blonde se gaussaient de moi. Ils m'avaient bien eu les salauds. Même si j'essayais de me convaincre que c'était drôle, le malaise n'était pas complètement dissipé. J'avais quand même taponné la blonde toute nue de son chum consentant. On a pris un dernier shooter avant que Steph nous entraîne ailleurs. Si elle ne finissait pas trop tard, Krystel viendrait nous rejoindre. La soirée était à peine entamée.

De retour au camion, les gars ont repris du service dans la narine marchande. Quelques instants plus tard, nous avons abouti au bistro La Maîtresse. Sur la galerie du devant, les fumeurs s'agglutinaient comme des abeilles autour d'une ruche. Un bar générique avec des tabourets au comptoir, un éclairage anémique, une gigantesque affiche de Molson au fond de la salle et de la mauvaise musique *dance* trop forte.

Steph a commandé des pintes. Il fallait hurler pour se comprendre, alors on usait de mots simples et de pantomimes. Les échanges portaient sur les filles et ne volaient pas très haut. Il était loin, le temps du pub La Maisonnée où je discutais de soins palliatifs avec des finissants en médecine de l'Université de Montréal.

En prenant une gorgée de ma bière, j'ai senti quelque chose dans le fond de mon verre. Une masse informe et rosée, avec des éclats métalliques. Câlisse, un dentier! Sauvageau et Langevin riaient tellement qu'ils s'agrippaient au comptoir pour ne pas tomber. Stéphane souriait à pleines dents. Dave me regardait du coin de l'œil, stoïque comme une roche. Il a tourné sa face de taureau vers moi et m'a souri, découvrant des gencives de nouveau-né. Il a remis son partiel avant de me claquer l'épaule comme le faisait son frère. Je riais de bon cœur avec les autres. On a trinqué à ma face, qui valait mille piasses pour la deuxième fois de la soirée.

À partir de là, ça devient brumeux. J'ai souvenir d'avoir défié Dave à une machine qui mesurait la force des coups de poing. Il fallait frapper un ballon poire de boxeur, et la machine calculait l'impact sur une échelle de 1 à 10. Je me suis élancé maladroitement, avec trop de sparages et pas assez de vigueur. Sous les risées de la foule, j'ai réussi à me faire mal aux jointures et à obtenir un minable 3. À son tour, le gros Ti-Dave s'est élancé sous les encouragements des spectateurs. Son coup était d'une telle puissance que la machine a reculé. Une sirène a démarré, et un 10 a scintillé dans une pluie de lumières étoilées.

J'ai aussi vu Stéphane discuter dans un coin avec des gros gars tatoués. Alors que j'étais accoudé au comptoir, un Indien avec une casquette des Black Hawks m'a abordé avec cet accent caractéristique autochtone qui fait chuinter les *t*.

— Eille, tu me payes-tu une bière?

J'étais tellement surpris que j'ai accepté. Il est parti sans dire merci, rejoindre les siens près de la porte. Sauvageau m'a réprimandé.

— Tu devrais pas faire ça. Y vont toutes venir te voir, asteure. Avec l'argent que le gouvernement leur donne, y pourraient au moins payer leur bière.

J'ai failli lui faire remarquer qu'en tant que chômeur payé par le gouvernement, il n'avait pas sorti son porte-monnaie de la soirée. Un peu plus tard, une bagarre a éclaté près de la porte. Rapidement, des gros bras tatoués ont mis tous les Indiens dehors. Même s'il n'avait rien vu de l'échauffourée, pour Sauvageau, la cause était entendue.

— Crisse de Kawishs! Y cherchent tout le temps le trouble. Ostie qu'y savent pas boire.

Je me suis esquivé aux toilettes. En poussant la porte, j'ai découvert les écuries d'Augias. C'était franchement infect, surtout l'odeur d'étable. Des papiers jonchaient le sol mouillé. Un évier était bouché et débordait. Les gars chauds bêlaient et tanguaient en tentant de se faire beaux devant les miroirs souillés. Les urinoirs avaient l'air de stalles à bestiaux.

Sous la porte des toilettes, des pieds dépassaient. Personne ne semblait s'en formaliser. J'ai poussé le battant pour découvrir un corps affaissé à côté de la cuvette. À sa casquette des Black Hawks tombée sur le sol, j'ai reconnu l'Indien à qui j'avais offert une bière. Je suis passé en mode médecin, dégrisant instantanément. D'abord les signes vitaux. Pas de pouls ! Je l'ai tiré en dehors de la cabine pour l'allonger, en m'adressant fermement à un spectateur hébété.

— Toi, appelle le 911.

Il ne bougeait pas, hypnotisé par le corps.

— Enweille, tabarnak ! Appelle une ambulance, y va mourir !

Le gars est sorti rapidement. Tout en déchirant le t-shirt de la victime, j'ai demandé à quelqu'un de venir m'aider pour la réanimation. Personne ne bougeait. Je me suis mis à genoux à côté du corps et j'ai commencé les manœuvres. Trente compressions, deux insufflations. C'était fatigant, mais il fallait garder le rythme. Je soufflais comme un boxeur. Le bouche-à-bouche était dégueulasse. Il bavait et puait le mausolée. Le pouls ne revenait pas. Je me suis activé avec plus de vigueur.

Les ambulanciers, un grand maigre et une grosse blonde, sont arrivés en se frayant un chemin dans la foule. Je les ai mis au parfum.

— Je suis médecin. Je l'ai trouvé par terre. Pas de pouls. J'ai fait trois cycles.

— OK, on s'en occupe. Merci docteur.

Ils l'ont allongé sur la civière pour l'évacuer en poursuivant la réanimation. J'étais exténué. J'avais des 45 tours de sueur sous les bras. J'ai replacé ma chemise dans mon pantalon et me suis rincé le visage. J'avais les traits tirés et je paraissais soucieux. Plaqués par la sueur, mes cheveux noirs faisaient des pics à la Sid Vicious sur mon front. On me regardait avec un respect silencieux. Stéphane a bousculé les curieux.

— Hé doc, ça va ? Toi, t'as besoin d'un verre.

Je le connaissais depuis à peine quelques semaines, et c'était la deuxième fois qu'il me disait ça. Il devait avoir raison. Je suis revenu boire avec les gars qui tentaient de me réconforter en disant que j'avais fait ce qu'il fallait. C'était vrai, mais le cœur n'y était plus. Un homme était peut-être mort et le monde continuait de boire et de danser, comme si c'était la vie d'une mouche qui était en jeu.

En partant, j'ai demandé à Stéphane de faire un détour vers l'hôpital où il croyait que l'Indien avait été amené. C'était littéralement à un coin de rue. À l'urgence, les néons m'ont agressé comme des rayons gamma. Tout était calme, un seul patient attendait, un gros homme à casquette qui dormait sur les sièges.

La fille à l'urgence m'a appris que l'Indien n'avait jamais pu être réanimé. Elle m'a confirmé que je n'aurais rien pu faire pour le sauver ; il était déjà mort au moment du bouche-à-bouche. Crise cardiaque. Diabète mal soigné, obésité, alcoolisme. Sa carte d'Indien indiquait qu'il s'appelait Jeffrey Mowatt et qu'il vivait à Mézézak. Pas de numéro de téléphone, pas d'adresse pour joindre la famille.

À mon retour dans le *truck*, Langevin voulait des nouvelles.

— Pis ?

— Y est mort. Y s'appelait Jeffrey Mowatt. Y venait de Mézézak. C'te fois-cite on n'attendra pas une semaine avant d'avertir sa famille.

Ils ont accusé le coup.

— Mart, peux-tu t'en occuper ?

— Je le ferais ben, mais la SQ a pas de juridiction sur la réserve. Si je me pointe là, ça va mal se passer.

— Coudonc, tabarnak ! C'est-tu des animaux, ce monde-là ? Je vas y aller, moi, d'abord. J'ai beau être Blanc, ch'us leur médecin. Y vont quand même pas me revirer de bord à coups de douze.

Les gars voyaient que j'étais ébranlé, et personne n'a rien ajouté. Le retour à Mort-Terrain a été plus tranquille que l'aller. J'étais prostré dans ma réflexion. C'était peut-être la bière que je lui avais payée qui avait déclenché la crise cardiaque. Évidemment, je ne pouvais pas savoir. Ma culpabilité était cependant écrasée par une colère sourde. Dans la salle de bain, les jambes de Mowatt dépassaient clairement d'en dessous de la porte. C'est sûr que des gens l'avaient vu. L'avaient-ils pris pour un ivrogne endormi? S'étaient-ils informés de son état? Ou l'avaient-ils délibérément ignoré, voyant que c'était un Indien? Comme celui qu'ils avaient laissé sur le bord de la route il y a quarante ans. Ici, on pouvait laisser mourir du monde sans rien faire? Ben, pas moi.

On est arrivés à Mort-Terrain en même temps que les premières lueurs du jour. Devant nous, des strates de pastel orangé promettaient une belle journée. Sauf pour la famille Mowatt.

À cette heure, Mort-Terrain avait tout d'un village fantôme. J'ai quitté les gars dans le stationnement de l'hôtel. En me serrant la main, Dave m'a murmuré:

— Tu fais bien d'avertir la famille.

Je suis monté dans mon auto, direction Mézézak. Je n'avais pas de plan. Je ne connaissais personne dans la réserve et, à cinq heures du matin, tout le monde devait dormir.

Même au levant, la maison victorienne avait des allures de tombeau.

Je me suis stationné devant le CLSC. Mon premier réflexe était d'aller voir l'infirmière de garde. Au moment où je montais les marches, j'ai aperçu quatre chasseurs en tenue de camouflage, qui descendaient la route, carabine à la main. Je suis allé à leur rencontre en les hélant.

— Messieurs, excusez-moi.

Je me suis arrêté à leur hauteur. Ils me regardaient suspicieusement. L'un d'eux tenait une arbalète en aluminium dernier cri, avec gâchette et viseur. Difficile de croire que ce fouillis de ficelles et de poulies était une arme silencieuse et mortelle.

— Connaissez-vous Jeffrey Mowatt?

— Oui, pourquoi?

— Euh, y est arrivé un accident. Faudrait prévenir sa famille.

— Quel genre d'accident?

— En fait, il est mort cette nuit dans un bar à La Sarre.

Ils se sont raidis. Je craignais leur réaction.

— Je l'ai trouvé étendu dans les toilettes. J'ai tout fait pour le sauver, mais c'était trop tard. L'hôpital m'a confirmé son décès. Crise cardiaque. Est-ce que vous pourriez m'indiquer sa maison?

— On va aller chez sa mère.

Nous avons marché tous les cinq dans la réserve déserte. Ils discutaient succinctement en algonquin. J'avais l'impression d'être un prisonnier sous escorte armée. La maison de la mère de Jeffrey était au fond de la réserve, à l'orée de la forêt. Elle était coquette et bien tenue, ce qui tranchait avec le reste. Un gars a cogné à la porte. Assez rapidement, une grosse Algonquine d'une cinquantaine d'années, en jaquette, est venue répondre. Un type lui a parlé brièvement en algonquin en me désignant. Il s'est effacé pour me laisser la parole.

— Bonjour madame Mowatt. J'ai une très mauvaise nouvelle pour vous.

J'avais autant envie de faire ça que de me faire fraiser une dent à froid. Je repensais au fantôme de l'Indien. Il n'y avait pas dix mille façons d'annoncer la nouvelle.

— Jeffrey est mort.

Ses yeux, déjà plissés, ont cillé imperceptiblement. Elle a tressailli, s'est appuyée sur le cadre de porte, avant de regarder au loin vers le lac. J'ai répété le récit des événements.

— Je suis désolé, madame. Je ne sais pas si c'était à moi de vous dire ça, mais je tenais à ce que vous appreniez la vérité le plus tôt possible. La police ou l'hôpital va sûrement vous contacter aujourd'hui.

Elle m'a regardé avec une grande douceur.

— Merci docteur.

— Bon courage, madame Mowatt. Toutes mes sympathies.

J'ai pris ses mains dans les miennes pour la réconforter. Ses paumes étaient usées comme du vieux bois et pleines de chaleur. C'est plutôt elle qui me réconfortait. Elle a invité les quatre chasseurs à entrer chez elle. Je l'ai saluée une dernière fois avant de m'en retourner.

Le soleil se levait sur le lac immobile. Un huard a hululé dans la brume. Sa plainte saccadée portait à la fois la mélancolie et la joie. Moi aussi, j'oscillais entre une immense tristesse et la satisfaction d'avoir fait ce qui devait être fait.

*

Les funérailles ont eu lieu à la fin de la semaine. À part le prêtre, j'étais le seul Blanc. J'étais assis à côté de Jim, au fond de la minuscule chapelle de Mézézak, située à l'entrée de la réserve. De l'extérieur, elle ne payait pas de mine, mais l'intérieur était chaleureux et original. Les stations du chemin de croix étaient peintes sur des peaux tendues par des lanières de cuir au centre de cerceaux de bois. L'iconographie montrait un Jésus aux cheveux longs noirs et à la peau basanée. Jésus Cri superstar. Derrière l'autel, la croix était faite en troncs de bouleau. La nappe était ornée de perles et d'aiguilles de porc-épic. Le tabernacle était un petit tipi en écorce.

De son vivant, Jeffrey Mowatt avait été un jeune homme affable et serviable. Toute la réserve avait voulu lui témoigner un dernier hommage. L'église était pleine et plusieurs jeunes étaient assis par terre. La célébration était menée par l'abbé Bisson, un petit père jésuite qui ressemblait à Gilles Gougeon. Il semblait bien connaître le défunt et la communauté. Son boniment tautologique était désespérant de vacuité. Il fallait espérer, car l'amour de Dieu est infini. Mais quel espoir pour ce peuple spolié, qui se portait très bien avant l'arrivée des Blancs et de leur Dieu? Au moins, les chants religieux traditionnels avaient été adaptés en algonquin. C'était très beau, surtout l'*Ave Maria*.

Après la messe, on a procédé à l'enterrement dans le petit cimetière enclavé dans la forêt. Des aînés et des jeunes ont interprété des chants traditionnels en s'accompagnant de tambours frappés à l'unisson. De loin, on pouvait croire que ces gros Indiens, habillés avec des chemises à carreaux et des casquettes d'équipes sportives américaines, avaient perdu toute la dignité de leurs ancêtres. Et pourtant, comme c'était souvent le cas dans un monde complexe, le sacré irriguait le profane. La pulsation des tambours était hypnotique et invitait à la méditation. Les chants, très aigus, presque des cris, transportaient une peine millénaire bouleversante. Au final, une certaine sérénité se dégageait de cette cérémonie, beaucoup plus crédible que les billevesées de l'Église catholique.

Une réception a suivi au centre communautaire. La tension des funérailles relâchée, l'atmosphère était animée. Des dizaines d'enfants couraient partout. Jim m'a présenté à tout le monde. J'ai discuté longuement de santé publique avec le chef de bande Claude Papati, un moustachu engageant, avec des grandes taches blanches sur les avant-bras.

Entre les Algonquins de Mézézak et moi, la glace était enfin brisée.

3

La méthode des résidus épaissis

Samedi matin, je prenais le café sur ma galerie en lisant *La flore laurentienne*. J'avais enfin trouvé le nom des petites fleurs mauves qui poussaient partout à Mort-Terrain : épilobes. Marie-Victorin les décrivait ainsi : « Feuilles alternes, lancéolées, longuement atténuées au sommet, pâles inférieurement ; inflorescence en grappe très allongée ; fleurs grandes, pourpres ou magenta. Floraison estivale. Clairières et bois brûlés, lieux incultes, dans la partie tempérée de l'Amérique du Nord. »

Lieu inculte dans l'Amérique du Nord. C'était une description assez juste du village de Mort-Terrain.

À mes pieds, le lac Wawagosic était éclaboussé de soleil. Les feuilles des trembles et des bouleaux tombées, l'ocre et le fauve avaient laissé toute la place au *semper virens* des épinettes. Pour un mois d'octobre, il faisait anormalement doux. Dire que certains fossiles doutaient encore du réchauffement de la planète.

Aujourd'hui, j'avais congé et je n'avais rien projeté. Lire, peut-être écrire. Ou peut-être essayer de me souvenir de la longueur exacte des jambes de Sophie. J'avais beau être heureux au boulot, je me sentais désespérément seul. Je pouvais bien aller aux danseuses avec des bûcherons, mais je ne pourrais pas me mentir bien longtemps : les Morterrons ne seraient jamais mes amis. Trop repliés sur eux-mêmes. Trop enfoncés dans leurs certitudes. En apparence libres, ils étaient régis par un code ancien, duquel nul ne pouvait déroger sous peine d'ostracisme. Et le code interdisait formellement de frayer avec les Sauvages. La virée à La Sarre avait révélé le poison haineux qui coulait en eux. En surface, ils étaient sympathiques et serviables, mais j'avais toujours l'impression qu'ils cachaient quelque chose.

Heureusement, mon travail me comblait au-delà de toute espérance. Je rigolais juste à imaginer mes amis en train de se casser le bicycle avec des horaires de nuit dans les hôpitaux décrépits de Montréal. Pour les besoins du stage, le docteur Comeau me supervisait à distance depuis sa nouvelle résidence à Rouyn. Nous avions un rendez-vous fixe par Skype chaque vendredi et je pouvais le consulter au besoin. Je ne suis pas certain que l'Université aurait approuvé ce genre de tutorat, mais ni lui ni moi n'allions en révéler la nature. Je pense que ça faisait son affaire d'avoir quitté Mort-Terrain. Il avait l'air détendu. Quoi qu'il en soit, j'avais toute la latitude voulue pour mener le centre de santé à ma convenance. Une certaine routine s'était même installée.

Malgré tout, je regrettais parfois d'avoir chaviré ma vie sur un coup de tête. Le soir quand je rentrais, j'étais invariablement accueilli par l'immense amas cendré de la mine abandonnée, qui occupait tout mon champ de vision sur l'autre rive du lac. Cet endroit dégageait des particules de souvenirs contaminés. Au couchant, le tumulus interrompait prématurément la course du soleil, avalant la lumière comme un trou noir. À cause de cette montagne synthétique, les jours étaient plus courts qu'ailleurs au lac Wawagosic.

J'ai entendu un véhicule s'arrêter devant la maison. Peu après, un pick-up avec une chaloupe dans une remorque a reculé sur mon chemin de mise à l'eau. Arrivé à ma hauteur, le conducteur a baissé la fenêtre. Souriant, Jim m'a lancé :

— Ça te dérange pas si je mets à l'eau chez vous ?

— Pas du tout. Attends, je vais t'aider.

Je suis descendu le guider. La remorque à moitié immergée, Jim est sorti de son camion et m'a salué cordialement. Ses cheveux noirs étaient torsadés en une longue tresse, couleuvre de jais somnolant dans son dos. Il portait un t-shirt avec une vieille photo noir et blanc de quatre Apaches armés. On pouvait y lire : *Homeland security. Fighting terrorism since 1492.* Fixant son chandail, je lui ai concédé :

— Vu de même, Christophe Colomb n'est pas un héros pour tout le monde.

— Je m'en vais à la pêche. Veux-tu venir avec moi ? Pris de court, j'ai répondu sans réfléchir.

— OK. Attends-moi, je vais barrer ma porte.

— Tu barres tes portes ? Tu sais, si quelqu'un veut vraiment rentrer chez toi, c'est pas une porte barrée qui va l'empêcher.

Je suis tout de même monté verrouiller. Pendant ce temps, Jim avait mis la chaloupe à l'eau. Sitôt embarqué, il a démarré le moteur et mis le cap vers la mine abandonnée. Nous étions entièrement dominés par sa masse, qui s'avançait jusqu'au bord comme un fjord stérile. Jim a ralenti en montrant la montagne de résidus miniers. À l'œil, elle devait mesurer deux cents pieds de haut et autant de large. On aurait dit la carapace d'une tortue-titan échouée.

— Avant, Mézézak, c'était là. Moi, j'étais pas né, mais ma grand-mère m'en a souvent parlé. C'était la terre de nos ancêtres depuis des milliers d'années. On était bien ici. Quand y ont découvert de l'or, y ont commencé à creuser sans même nous avertir. Le fédéral nous a déménagés au lac Mistaouac. Comme si on était des orignaux dans une réserve faunique. Des animaux dans une réserve. C'est comme ça qu'ils nous voient au ministère des Affaires indiennes.

— Êtes-vous en crisse contre les Blancs? En tout cas, moi je le serais.

— Moi, je suis Métis. J'ai en moi la victime et le bourreau. Ma mère est Algonquine et mon père est Écossais.

— Ah, c'est de là que ça vient, les yeux verts.

— Mon père était un immigrant bûcheron. Il a fourré ma mère pis il a câlissé son camp. Je l'ai jamais connu. J'ai passé toute ma vie à Mézézak.

— Qu'est-ce que ça veut dire, Mézézak?

— Mouche à chevreuil. Au mois de juillet, tu vas comprendre pourquoi.

— Mais toi, te considères-tu plus Indien ou plus Blanc?

— Plus Anishnabé. J'ai été élevé dans la communauté.

— Anishnabé?

— C'est le nom de notre peuple. Ça veut dire «être humain». C'est les Blancs qui nous appellent Algonquins. Mais pour répondre à ta question, j'en veux pas aux Blancs. J'ai pardonné. Il faut pardonner. Mais y a beaucoup d'Indiens qui aiment pas les Blancs. Y peuvent pas oublier les pensionnats.

Au loin, un gros hors-bord se rapprochait rapidement, improbable vaisseau d'or avec tout son équipage. Étalée à sa proue comme un soleil excessif, j'ai reconnu la sculpturale Krystel, dont le nano-bikini Budweiser menaçait de craquer sous la pression. Comme la madeleine de Proust, sa vue m'a rappelé instantanément de délicieux souvenirs dans l'isoloir à La Sarre. Aux commandes, Stéphane Bureau a accosté à nos côtés dans un tumulte de moteur et de vagues. Jim avait sorti une rame pour stabiliser la chaloupe. Visiblement, Stéphane était heureux de nous faire tanguer. Il avait mis du gel dans son mohawk et son large torse bronzé paraissait plus massif qu'à l'habitude.

Tout le monde se salua. Sylvain Sauvageau était là, bière à la main, avec sa blonde Nadine (une boulotte en paréo tropical) et leur fils Kevin, un enfant de six ans complètement catatonique. Il portait une veste de flottaison reliée par une sangle à un taquet. Assis à l'avant, il regardait fixement devant lui. À peine a-t-il réagi lorsque sa mère lui a dit :

— C'est le docteur qui va t'examiner lundi.

— Salut Kevin. Ça me fait plaisir de te rencontrer. Est-ce que tu vas te baigner ?

L'enfant avait l'air d'un sphinx. Pour couper court au malaise, Stéphane a lancé :

— C'est pas un grand placoteux, mon filleul. Eille, y fait-tu assez beau ? En bedaine au mois d'octobre. J'ai jamais vu ça. Dire qu'y a des caves qui se plaignent du réchauffement climatique. Ben pas moi, tabarnak. On s'en va à l'île. Venez-vous ?

J'ai répondu fièrement :

— On s'en va à la pêche.

Sylvain s'était avancé et regardait notre chaloupe en plongée. Il s'était stabilisé sur le plat-bord, et sa cannette tanguait dangereusement. Manifestement, ce n'était pas sa première bière.

— Vous avez même pas de canne. Pour moi, tu te fais niaiser, doc.

Je n'avais évidemment pas remarqué que la chaloupe était vide. Jim a esquissé un sourire énigmatique à Stéphane, qui nous a salués en ricanant.

— Bon ben, bonne journée les pêcheurs. En tout cas, Jim a déjà pogné un poisson. Pis un gros à part ça.

J'ai rigolé de bon cœur avec les autres. Stéphane a démarré son moteur, qui ronronnait comme quelqu'un qui se gargarise, avant de pousser les gaz à fond, dans une gerbe de houle. Je regardais Jim avec curiosité.

— Où est-ce que tu m'amènes au juste ?

— Je voulais te montrer quelque chose.

Il a mis le moteur en marche et s'est dirigé vers une pointe de longues roches plates. Au moment d'accoster, j'ai voulu me rendre utile. J'ai saisi une amarre attachée à l'avant.

— Veux-tu que je débarque?

Il m'a répondu d'un ton faussement autoritaire :

— Y a déjà assez de Blancs qui sont débarqués sur notre territoire! Reste dans la chaloupe!

Je me suis esclaffé. J'adorais son humour. Il a amorti l'accostage avec sa rame, avant de débarquer lestement. Je l'ai suivi. Parvenu au milieu de la pointe, il s'est appuyé les deux mains et le menton sur la pale de sa rame.

— C'est ici que mes ancêtres se retrouvaient pour passer l'été. Y avait plusieurs clans. Des fois, ils pouvaient être des centaines.

— Ils venaient ici pourquoi?

— Pour se rencontrer, pour marier les enfants et mélanger les familles, pour fêter, pour échanger des objets, des nouvelles…

Il avait le regard vague, comme s'il essayait de se rappeler un lointain souvenir. Il a enchaîné :

— Pis pour fuir les mouches. Sur le bord du lac, au grand vent, y en a moins. En juin dans le bois, les mouches, c'est l'enfer. Y en a tellement que tu peux en avaler si tu ouvres trop la bouche. C'est pour ça qu'on parle pas beaucoup.

En ce moment, c'était parfait. Pas de mouches, un soleil puissant; le meilleur des mondes. La pointe rocheuse s'avançait dans le lac. Sur l'autre rive, on voyait des maisons. La mienne, un gros A avec d'immenses triangles vitrés. Celle du pharmacien Denis Morel, une baraque miteuse rapiécée avec du *plywood*. Et celle de Bureau, qui dégageait une indécente opulence, avec son quai et ses dépendances bourrées de véhicules motorisés. Il y a soixante ans, les

Blancs avaient construit leurs maisons autour du lac Wawagosic. Il ne restait aucune trace des campements anishnabés.

Jim s'est dirigé lentement vers l'orée de la forêt. De sa rame, il m'a indiqué une petite plaque de cuivre verdi, boulonnée dans le roc. Je me suis accroupi pour en balayer les aiguilles d'épinettes. C'était un hommage du gouvernement fédéral, en anglais, en français et en algonquin, qui reconnaissait en ce lieu plus de six mille ans de présence humaine. J'étais stupéfait.

— Six mille ans?

— Si le gouvernement le dit...

— Dire que Québec se pète encore les bretelles avec son quatre centième...

— On va aller voir le cimetière.

À droite de la plaque, dans un enchevêtrement de buissons, s'esquissait un sentier que Jim dégageait avec sa rame. Il fallait lutter pour trouver le chemin à travers des ronces aux épines longues comme le doigt.

— C'est les prêtres qui ont planté les ronces pour protéger le cimetière.

— C'est efficace, en tout cas.

Évidemment, je m'étais écorché la main sur une épine.

Le soleil plombait, et je n'avais ni chapeau ni crème solaire. Les grillons stridulaient tellement fort que j'en avais des acouphènes. J'étais en nage quand nous sommes parvenus à une petite clairière en friche, au fond de laquelle émergeait une grande croix inclinée en bois usé, sentinelle fatiguée mais toujours au poste.

À l'entrée, au cœur d'un fourré touffu, une petite pancarte de guingois avec l'inscription *Cimetière* surplombait une épitaphe. Ça faisait vraiment Stephen King. L'endroit était chargé d'une étrange présence. Une force insaisissable, qui semblait très ancienne. En plein soleil, constellé de verge d'or et parfumé d'aulnes odorants, le lieu ressemblait davantage à une toile de Suzor-Côté qu'à un cimetière. La nuit, ce devait être autre chose.

Avec sa rame, Jim dégageait une épitaphe. La pierre était presque lisse, mais en m'approchant, j'y ai déchiffré : Marie McDonald 1802-1894.

— C'était mon arrière-arrière-grand-mère.

— Elle était Écossaise aussi ?

— Anishnabée. Son vrai nom, c'est Mandogan, comme tous les McDonald de la réserve. Ça veut dire « enfant du Créateur ». Mais les curés trouvaient pas ça assez blanc. Ils l'ont rebaptisée McDonald. Elle est née dans le bois en plein mois de février.

Une vie entière englobée dans le XIXe siècle, sans eau courante, sans GPS et sans iPhone. Comme les Noirs américains, cette dame avait été dépossédée de son nom par les Blancs. Sa famille portait désormais le patronyme d'un clown vendeur de hamburgers.

Je me promenais à travers les stèles écroulées. Plus on allait vers le fond, plus les pierres étaient anciennes et arrondies ; comme de vieilles molaires usées. J'ai rejoint Jim, qui se recueillait devant la pierre d'Anne Papati : 1948-1996.

D'une voix atone, il m'a raconté l'histoire de sa mère. Un matin, un hydravion s'est posé sur le lac encore embrumé. Un agent du ministère des Affaires indiennes et un policier de la GRC sont débarqués dans la réserve et ils ont emmené Anne, sa sœur Guylaine et son frère Claude au pensionnat. Elle avait six ans. En cinq voyages, ils ont vidé la communauté de ses enfants.

Impuissants, les parents ont regardé leurs filles et leurs fils se faire kidnapper par l'État canadien. Ils allaient en prison s'ils résistaient. Les curés leur avaient lavé le cerveau. Ils pensaient que leurs enfants seraient bien traités par les hommes de Dieu. S'ils avaient su…

Quand les enfants sont arrivés à Amos, les prêtres leur ont coupé les cheveux et arraché leurs habits brodés. Ils ont fourré les cheveux et les vêtements de chaque enfant dans une poche, qu'ils ont brûlée dans un grand feu.

Des images insoutenables culbutaient dans ma tête; des petits enfants nus et hirsutes, terrorisés par de grands corbeaux en robes noires. Jim a continué d'une voix monocorde, en fixant l'épitaphe de sa mère.

Au pensionnat, les prêtres les frappaient chaque fois que les enfants parlaient algonquin. Certains se sont fait savonner la bouche en se faisant dire que leur langue était sale. Les curés les ont éduqués comme des bons petits Blancs catholiques. Ils les ont aussi violés et torturés. L'oncle de Jim, Claude Papati, l'actuel chef de Mézézak, avait la tête dure. Il persistait à parler algonquin pour ne pas oublier sa langue. Un soir, le père Thibodeau l'a traîné dans l'établi au sous-sol et lui a brisé tous les doigts de la main gauche dans un étau. Jusqu'à ce que Claude, alors âgé de quinze ans, jure de ne plus prononcer un mot en algonquin. Le sinistre abbé lui a aussi frotté les bras avec de l'eau de Javel. Pour le blanchir une fois pour toutes.

Remué par ses pénibles souvenirs, Jim avait marqué une pause. Je ne savais pas quoi dire. Le grésillement des grillons prenait toute la place dans l'air chaud.

Après tous ces sévices, comment les Indiens pouvaient-ils continuer d'adhérer à la religion catholique? Lui-même croyant, Jim avait du mal à expliquer cette dévotion. Selon lui, la foi permet l'espoir. Les Indiens ont toujours été très sensibles au surnaturel. Ils sont épouvantés par l'idée d'un enfer éternel, qui n'existe pas dans la culture autochtone.

Après les pensionnats, les Indiens ne faisaient plus confiance aux prêtres, mais ils ont continué de croire en Dieu, qu'ils appellent le Créateur. Leur culte hybride intègre des rites catholiques et des croyances animistes centrées sur la nature. Les prêtres ne servent qu'aux baptêmes et aux funérailles.

Mais comment les Canadiens avaient-ils pu ne rien voir de l'horreur des pensionnats? Jim avait son idée. De l'extérieur, ça paraissait bien. Des petits Sauvages éduqués gratuitement par les bons prêtres. Le pensionnat d'Amos avait même une équipe de hockey qui jouait contre des Blancs. Pour la torture, qui allait croire des enfants indiens? Même pour leurs parents, il était impensable que les hommes de Dieu puissent leur faire du mal.

On pouvait bien tirer la pierre aux religieux (Jim ne s'en privait pas), mais le bourreau ne fait pas la loi. Les pensionnats autochtones, c'était un projet du gouvernement fédéral pour régler définitivement la question des Sauvages au Canada. En 1910, le mandat confié aux prêtres par le sous-ministre des Affaires indiennes Duncan Campbell Scott était littéralement de «tuer l'Indien dans l'enfant». Trente ans avant les nazis, ce grand Canadien parlait des pensionnats comme de «la solution finale au problème indien». Sur un siècle, le Canada a compté plus de cent trente pensionnats, dont six au Québec. Le dernier a fermé ses portes en Saskatchewan en 1996. Jim était bien renseigné. Je le croyais sur parole.

Une extermination délibérée, ciblée et systématique. L'Holocauste chez nous. Et personne ne le sait.

Selon les mots de Jim, la génération de sa mère est revenue dans la communauté «complètement fuckée». Les ex-pensionnaires refusaient de parler algonquin et trouvaient que les aînés étaient sales. Ils en voulaient aux parents de les avoir laissés en enfer. Chargés de rage, plusieurs ont retourné leur haine contre eux-mêmes, en abusant de leurs propres enfants ou en se noyant dans l'alcool. La mère de Jim ne s'en est jamais remise. À douze ans, elle était déjà alcoolique. À quinze ans, elle s'est fait violer par un bûcheron écossais. À l'accouchement de Jim, elle était tellement soûle que le médecin a dû le sortir par césarienne. Heureusement, elle n'a jamais battu son garçon. C'était une femme très douce. Elle portait une grande tristesse, qu'elle a révélée à son fils sur son lit de mort. Anne Papati est décédée d'une cirrhose du foie à quarante-huit ans.

Bouleversé, je m'étais accroupi et je caressais l'épitaphe. Ma main blessée par l'épine avait laissé une traînée de sang sur la pierre grise. Je me sentais honteux de souiller de mon sang la tombe d'une femme que ma race avait brisée. Comme s'il lisait dans mes pensées, Jim m'a mis la main sur l'épaule.

— Tu sais, dans une auto, c'est pas pour rien que le pare-brise est plus grand que le rétroviseur. Faut regarder en avant. Le rétroviseur, c'est pratique pour se situer dans le trafic, mais on peut pas avancer en regardant toujours en arrière.

Il s'est approché d'un buisson pour casser une épine avec laquelle il s'est piqué le bout de l'index. Une perle rouge est apparue. Il a poursuivi :

— Ton sang n'est pas blanc, il est rouge comme le mien. Au Québec, on est tous Métis.

Il a tendu sa main pour m'aider à me relever. J'étais sans mot. Le soleil m'avait tapé sur la tête et j'avais la bouche sèche. Même si je n'étais pas personnellement responsable, je ressentais la honte de ceux qui visitent Dachau ou l'île de Gorée. À ceci près que l'Holocauste et l'esclavage sont des tragédies connues et commémorées. Pour qu'on n'oublie jamais. Aspiré dans le silence, le drame indien n'émeut personne.

Un crescendo de jappements de chiots nous a fait lever la tête. Au-dessus de nous, des outardes volaient en V vers le sud, totalement indifférentes à la barbarie des hommes. Jim a déclaré :

— J'ai soif. Viens-t'en, je te paye une bière à l'hôtel.

La lumière baissait rapidement. Il était à peine deux heures et le soleil allait bientôt être neutralisé par le mort-terrain de l'ancienne mine. La chaloupe filait sur le lac et l'air frais nettoyait ma culpabilité de méchant Blanc. Est-il plus difficile d'être un fils de bourreau ou de victime? Quoi qu'il en soit, Jim avait raison. Je ne pouvais pas changer le passé, mais il n'en tenait qu'à moi d'établir des bons liens avec les Indiens. N'en déplaise aux Morterrons, c'est bien ce que j'entendais faire.

À cette heure, le bar était presque vide. Comme chaque fois que je venais ici, le pharmacien Denis Morel était soudé à son tabouret. Déjà ivre, il marmonnait pour lui-même devant sa grosse 50. Il y avait quelque chose d'admirable dans la persistance de son projet d'autodestruction.

Une vieille serveuse est venue nous porter nos bières. J'ai trinqué avec Jim et nos bocks ont émis un tintement cristallin plein de promesses. J'avais mille questions à lui poser, notamment sur le délabrement des réserves.

— C'est sûr que la réserve c'est déprimant. À part au conseil de bande ou au dépanneur, y a pas beaucoup d'emplois. Ça fait que le monde consomme beaucoup.

— J'ai l'impression que vous êtes pas sortis du bois.

— C'est justement depuis qu'on est sortis du bois qu'on a des problèmes.

— Mais pourquoi vous y retournez pas pour vrai, si vous êtes si malheureux dans les réserves?

— On va dans le bois le plus souvent qu'on peut. Tout le monde a un campe. Mais on peut pus vivre dans la forêt à l'année longue. On a perdu le savoir des anciens, pis le territoire est pus assez grand pour nourrir tout le monde. C'est comme si on demandait aux Québécois de vivre comme en Nouvelle-France. Vous seriez pas capables.

La réserve est un système imaginé par des têtes carrées, alors que la pensée amérindienne est basée sur le cercle. Pas étonnant que la plupart des Indiens entretiennent une relation amour-haine envers leur réserve. C'est tout autant une prison désœuvrée qu'un bastion territorial permettant de préserver la langue et le mode de vie ancestraux. Jim reconnaissait que, diluée dans les villes, la culture autochtone n'avait aucune chance de survie.

Je commençais à comprendre que le destin des Québécois était pas mal plus lié à celui des Premières Nations qu'on ne pouvait l'imaginer. D'un point de vue identitaire, on retrouvait chez eux, à une autre échelle, les mêmes combats pour la survie de la langue et de la culture. À ceci près qu'au Québec, les Autochtones sont divisés en onze nations, disséminés sur un immense territoire et représentant à peine un pour cent de la population. D'une certaine façon, les Indiens étaient des canaris dans une mine de charbon : leur avenir préfigurait le nôtre.

La conversation allait bon train. Jim se révélait très loquace. L'alcool aidant, sa part blanche prenait plus de place. Il m'a expliqué que, depuis les premiers contacts avec les jésuites, les Indiens ont toujours considéré que les hommes blancs parlaient trop et gesticulaient exagérément. Chez les Indiens, la volubilité et l'expressivité sont associées aux femmes.

Le bar commençait à se remplir. Je reconnaissais des visages. Visiblement avide de compagnie, Ti-Nouche est venu s'asseoir à notre table. Il enfourchait les sujets comme un cavalier du Poney Express changeait de monture en plein galop ; météo, relance de la scierie, nouvelle lunette pour sa carabine, tout y passait. Avec ce que Jim venait de me dire, il m'apparaissait maintenant comme le prototype de l'homme blanc bavard et efféminé.

Les frères Bureau et Sylvain Sauvageau nous ont rejoints. Notre tablée discutait avec fébrilité de chasse à l'orignal. En végétarien convaincu, tout ça ne m'intéressait pas trop, mais l'ambiance était bonne et la bière coulait sans effort. Tout le monde était jovial et volubile, sauf Sylvain, qui buvait en silence, perdu dans ses pensées. Stéphane tentait d'égayer son ami, mais il restait emmuré dans un sombre mutisme.

Annonçant son départ, Jim a offert de me reconduire. En quittant le bar, il semblait que tout Mort-Terrain s'y était rassemblé. La femme de Sylvain avait même amené son fils handicapé. Assis dans un coin, Kevin frottait inlassablement ses mains l'une contre l'autre, comme s'il les savonnait. Il était hypnotisé par une affiche de Molson représentant un bateau esquissé dans la mousse d'une bière.

Il régnait dans le bar une immortelle amitié et une indestructible solidarité. Ces gens étaient seuls au monde, mais ils y étaient ensemble. Ils y vivaient ensemble et y mourraient ensemble.

À dix minutes de là, dans leurs cabanes inachevées, les Algonquins de Mézézak buvaient probablement eux aussi de la bière.

Dehors, la nuit était fraîche. Il n'y avait pas de lampadaires dans les rues de Mort-Terrain. La lueur des étoiles suffisait. Nous sommes montés dans le pick-up de Jim. Arrivé chez moi, j'ai ouvert la portière et la lumière a éclairé l'habitacle. En serrant la main de Jim, je lui ai fait remarquer que nos doigts ensanglantés s'étaient touchés quand il m'avait aidé à me relever dans le cimetière. Il m'a regardé avec son fameux sourire en coin.

— Asteure, on est des frères de sang, Julien.

Je ne savais pas jusqu'à quel point il était sérieux. Au-delà de la symbolique de notre pacte involontaire, ça me faisait plaisir d'avoir trouvé mon premier vrai ami à Mort-Terrain.

De l'autre côté du lac, la masse sombre de la mine se découpait dans le ciel étoilé. Il était à peine vingt et une heures, mais j'étais épuisé. La journée avait été dense, et plein de pensées tournaient dans ma tête comme des vêtements dans une sécheuse.

Je me suis endormi rapidement, en rêvant que j'étais ligoté tout nu à un poteau planté au milieu d'Indiens assis en rond, qui parlaient de moi dans leur langue.

Un raclement, suivi d'un choc sourd, m'a réveillé. J'ai bondi à la fenêtre pour apercevoir la silhouette d'une auto inclinée dans le fossé. Son moteur était éteint, mais ses phares éclairaient la forêt dans un angle improbable.

Je me suis habillé et j'ai ramassé une lampe de poche en vitesse. En moins de deux, j'étais à l'auto. Elle avait exactement la même position que la mienne à mon arrivée à Mort-Terrain. L'épave était silencieuse comme un tombeau. J'ai pris pied sur son flanc et tiré à deux mains la porte pour la faire ouvrir vers le haut.

L'habitacle puait la bière. J'ai éclairé le conducteur, endormi au fond contre sa portière. Il a grommelé en s'ébrouant dans un cliquetis de bouteilles vides. Dans le faisceau de la lampe, j'ai reconnu le visage hagard du pharmacien Denis Morel, qui clignait des yeux comme un vampire en plein jour. Je l'ai aidé à s'extirper de l'auto. Il ahanait des syllabes incompréhensibles. Il a pris pied sur la route et je me suis assuré qu'il pouvait tenir sur ses jambes avant de le lâcher.

— Es-tu correct ?

Sa réponse s'est perdue dans le bruit d'un véhicule qui arrivait. C'était Stéphane qui rentrait chez lui dans son pick-up. Il s'est arrêté à notre hauteur avant de sortir examiner l'auto. Le pharmacien s'est adressé à lui laborieusement.

— Steph, devine quoi ! J'ai pris l'clos.

Bureau a fait mine de le gronder. Lui-même semblait assez imbibé.

— Non, t'as pas fait ça ? As-tu vu un bambi, toi aussi ?

Les deux ont pouffé en me regardant. Bureau a proposé :

— Viens-t'en, je vais aller te porter.

Stéphane a aidé l'ivrogne à monter dans son camion.

— C'est correct doc, je m'en occupe. Bonne nuit.

— Bonne nuit, Steph.

Je suis rentré me remettre au lit.

Quelques instants plus tard j'ai entendu le grondement d'un moteur devant chez moi. Je suis retourné à la fenêtre. Sous l'œil attentif de Steph et du pharmacien vacillant, Ti-Nouche, sifflotant, extrayait l'auto du fossé avec un câble de sa remorqueuse. L'opération terminée, chacun est reparti dans son véhicule. Ti-Nouche et Bureau semblaient trouver parfaitement normal qu'un homme qui tient à peine debout prenne le volant. J'ai mis du temps à me rendormir. J'étais à la fois admiratif de la solidarité des Morterrons et dégoûté par leur irresponsabilité.

*

Devant le centre de santé, en plus de l'auto de Geneviève, se trouvait le vieux pick-up de Sylvain Sauvageau. Sa femme Nadine et leur fils Kevin étaient assis dans la salle d'attente. Je les ai fait passer dans mon bureau. À Mort-Terrain, tout le monde a un médecin de famille.

Pour n'importe quel enfant, l'examen annuel est une formalité presque agréable. Pour les parents, c'est l'occasion d'évaluer leurs compétences. À chaque fois qu'un médecin dit à un enfant qu'il a bien grandi et qu'il est en bonne santé, il félicite par la bande les parents pour leur bon travail.

Pour Kevin, c'était différent. Il regardait droit devant lui, imperturbable, avec un regard de poisson mort. Il avait pourtant de beaux yeux, avec de grands cils, et des cheveux noirs en bataille. Perpétuellement entrouverte, sa bouche baveuse laissait paraître d'immenses palettes. De belles incisives d'enfant de six ans. Son corps croissait, mais son esprit était immobilisé au stade du nourrisson. Son dossier indiquait qu'il n'avait fait aucun progrès depuis qu'il avait appris à marcher. Chaque examen annuel confirmait la stagnation de son développement. Alors que je constatais la fixité de ses pupilles lorsque je bougeais un doigt devant ses yeux, Nadine a senti le besoin d'expliquer :

— Il a manqué d'air à la naissance.

Je l'ai tâté pour vérifier ses organes internes. Aucune réaction. C'était comme examiner une plante. Dans le bas du dos, il avait une tache mauve qui avait la forme de l'Antarctique. Nadine a précisé :

— C'est une tache de naissance.

— Il a marché à quel âge ?

— Onze mois.

— Et depuis, y a pas eu de progression dans son développement ?

— Non.

Bizarre. Si le traumatisme avait eu lieu à la naissance, comment avait-il pu apprendre à marcher et brutalement cesser de progresser ? J'ai frappé ses tendons avec une petite mailloche pour mesurer ses réflexes. Rien. Une roche. Je n'avais jamais vu ça.

— D'un point de vue physique, sa croissance se déroule normalement.

J'ai regardé Nadine dans les yeux.

— Comment c'est de vivre avec un enfant handicapé ?

Ma franchise a abattu ses défenses. Son visage et ses épaules se sont abaissés. Fini le théâtre de la femme forte.

— Le plus dur, c'est pas Kevin. Y est assez facile à vivre. Le plus dur, c'est Sylvain. Y le regarde pas. Y lui parle pas. C'est comme si y existait pas. Y a honte. Pis moi, j'ai honte de sa honte.

— Comment y va, Sylvain ? Je le connais pas beaucoup, mais ça n'a pas l'air de filer.

— C'est l'enfer. Ça va faire un an qu'y a perdu sa job. Y sait pus quoi faire, pis moi non plus. Y reste couché tout l'avant-midi en regardant la télé. Quand y est pas couché, y nous engueule pour rien, moi pis Kevin. Y a plus le goût de rien. Pis y boit beaucoup.

— Ça m'a tout l'air d'une dépression. Faudrait qu'y vienne me voir. Ça se soigne, la dépression.

— Oublie ça, y viendrait pas te voir même s'il avait les deux jambes coupées. Y est tellement orgueilleux.

— Je vais essayer de lui parler. Pis toi, comment ça va ?

— C'est pas facile avec juste le salaire de la garderie. J'ai commencé à faire des ongles le soir. Les filles sont ben fines, elles viennent m'encourager, mais le chômage de Sylvain finit dans un mois, pis honnêtement, je le sais pas ce qu'on va faire. Je commence à être au boute du rouleau.

Elle m'implorait avec des yeux de petite fille qui espère être consolée. J'essayais de rester professionnel et de me détacher émotivement, mais je sentais que je devais faire autre chose que de lui dire de faire de l'exercice. Je lui ai mis une main sur l'épaule.

— Ça va aller, Nadine.

Elle s'est lovée contre moi, la tête au creux de ma clavicule, en pleurant doucement. Tout son corps relâchait une tension accumulée depuis trop longtemps. En lui rendant son câlin, j'ai senti avec un peu trop de plaisir la masse de ses seins s'écraser sur mon torse. J'ai répété bêtement.

— Ça va aller.

En face de moi, Kevin regardait fixement un poster représentant le système cardiovasculaire.

Pauvre Nadine. J'imaginais son calvaire quotidien avec une garderie chez elle, son enfant-légume et son mari dépressif. Elle méritait mieux que ça. C'est clair que Sylvain ne la touchait plus. Après l'accouchement, son corps avait épaissi, mais ses courbes étaient inspirantes.

J'ai guidé Nadine vers une chaise en lui tendant une boîte de mouchoirs. L'épuisement avait fait s'effondrer son beau visage. Elle avait des yeux magnifiques avec de longs cils auxquels s'accrochaient des larmes. Des beaux grands yeux de chien triste. Il y avait longtemps que ses joues avaient été étayées par la courbe d'un sourire. Elle a fini par dire en reniflant :

— Merci Julien, ça m'a fait du bien. À Mort-Terrain, même si on est ben proches, on parle pas de nos bobos. T'es la première personne à qui je raconte mes malheurs.

— Tu peux venir me voir n'importe quand. Sylvain aussi.

Résolue, elle est allée chercher son fils.

— Viens Kevin, on s'en va. Dis bonjour au docteur.

Nadine a aidé son fils à descendre de la table d'examen. Elle a quitté le bureau avec dignité, en tenant son fils par la main. L'enfant traînait les pieds comme un zombie.

Elle avait du chien, cette fille. Sa force et son amour maternel me troublaient. M'avait-elle excité lorsqu'elle était dans mes bras ? Je n'allais quand même pas me mettre à désirer mes patientes.

En revenant chez moi, je suis arrêté me ravitailler. Cette semaine, c'était au tour du Axep. J'avais réussi à convaincre le propriétaire d'acheter des cœurs de palmier et des pois chiches. Je soupesais des céleris flétris lorsqu'une voix stridente a vociféré en provenance de l'allée des croustilles.

— Sullivan ! Pamela ! Venez choisir vos chips !

En poussant mon chariot, j'ai découvert avec effroi les crasseux de la maison victorienne. Leur paupérisme me faisait littéralement frissonner. La fille-mère d'à peine vingt ans, une fausse blonde décolorée hirsute et cernée, poussait un chariot rempli de paquets de pogos congelés. Sur le grillage du dessous, six jéroboams de Pepsi étaient alignés comme des torpilles. Sur le siège du chariot, un petit morveux édenté se délectait d'une tablette de chocolat Aero. Il s'en était mis partout et beurrait allègrement la poignée. Sullivan et Pamela, des petits monstres en loques de cinq ou six ans aux yeux trop rapprochés, ont *dunké* chacun un gros sac de croustilles dans le chariot avec l'adresse de LeBron James.

En créole, les Haïtiens ont un mot magnifique pour résumer la misère humaine : ti soufri.

Après un mauvais souper de légumineuses fades, j'ai regardé des reprises de *La soirée canadienne*. Malgré le kétaine des costumes et le décalage de ce *rigodon-réalité*, la dignité des agriculteurs qui s'étaient mis beaux pour la visite était touchante. Ils chantaient un Québec qui n'existe plus. Un Québec de bûcheux, qui s'est ouvert un pays à coups de hache. Mais à l'heure de la mondialisation, il faut être moderne et branché. Les Mile-Endiens s'extasient devant le chapeau de mouton d'Hamid Karzai et se targuent d'apprendre le swahili, mais se torchent avec la ceinture fléchée et dédaignent le français. Toute l'aliénation est là : glorifier chez l'autre ce que l'on méprise de soi. Se goinfrer dans le buffet des cultures sans y apporter un seul plat, voilà l'égoïsme du nouvel homme du monde *made in Montreal.*

J'en avais ma claque de cette métropole où tout est *in*, sauf le Québec francophone. C'est notamment pour ça que j'avais choisi un stage aussi loin qu'à Mort-Terrain. Et aussi pour l'argent. C'était de loin le stage le plus payant qui était offert cette année.

Mais surtout, j'allais peut-être enfin pouvoir oublier Sophie. À la télé, l'animateur Louis Bilodeau félicitait un couple qui fêtait ses noces de diamant. Soixante-quinze ans de vie commune sur une ferme dans le fond du rang C à Saint-Ubald. Quatorze enfants et trente-deux petits-enfants. Deux beaux vieux ratatinés, dont les yeux avaient encore l'éclat taquin de la jeunesse éternelle. Assis côte à côte, ils se tenaient par la main. Leurs doigts torsadés par l'arthrite étaient enlacés en un amas noueux que seule la mort pourrait délier.

J'ai senti une boule de douleur remonter dans ma gorge. Je ne l'ai pas ravalée. J'ai ouvert les vannes pour laisser jaillir la peine. Je pleurais en hoquets sonores. Ça faisait mal et ça faisait du bien.

Le couple de vieux s'était levé péniblement et giguait avec majesté devant les villageois qui tapaient des mains au son du violon. Mes sanglots ont redoublé. Je bêlais comme un mouton. C'est comme ça qu'on aurait dû finir, Soph et moi. On s'était promis de s'aimer toujours. Comment peut-on promettre d'aimer toujours? Fervente catholique, elle avait voulu sceller la promesse devant Dieu. Dieu, je m'en crissais, mais pour elle, j'aurais sculpté une cathédrale de glace dans un volcan. Banquet durant deux jours, limousine, lune de miel à Florence: le vrai mariage à l'italienne. Et un prêt conjoint de trente mille dollars pour payer la noce. Deux futurs médecins, la caisse avait déroulé le tapis rouge.

Mais à une semaine du grand jour, ce simple courriel : *Oublie le mariage. Toi pis moi, c'est fini. Annule tes invités, je m'occupe du reste. Désolée.* Je l'ai appelée sans arrêt pendant quatre heures. Elle a fini par répondre à une heure du matin.

— C't'une joke ?

— Non, Julien.

— Mais comment ça ?

— J'me suis trompée. Je veux pas me marier avec toi.

— Correct, on se mariera pas. Moi, je faisais ça pour toi.

— Tu comprends pas. Nous deux, c'est fini. Je t'aime pus.

À ce moment-là, mon cell a grésillé. Je n'ai jamais compris si elle avait dit « je t'aime pus » ou « je t'aime pas ». J'étais sans voix.

— Je vais tout payer. Désolée, Julien. Je te souhaite d'être heureux.

Elle a raccroché. Je suis resté dans le noir une bonne partie de la nuit. Je n'y croyais tout simplement pas. J'allais me réveiller avec son long corps d'Italienne imbriqué dans le mien, et nous ririons de mon cauchemar ridicule. Mais je n'ai pas pu me réveiller parce que je ne dormais pas.

Le lendemain, j'avais un examen. Sur l'appareil reproducteur féminin. Avant de répondre, j'ai caressé les croquis de vulve en me souvenant de l'avoir tellement fait jouir que le voisin en tapait dans le mur. J'ai eu quatre-vingt-dix-sept pour cent.

C'étaient les derniers examens avant les stages. J'ignore comment j'ai réussi à passer. J'ai gelé ma douleur dans l'étude. J'essayais de transmuer ma peine en haine. Je lui en voulais de m'avoir crissé là sans explication, et de m'imposer la honte d'annoncer l'annulation du mariage à mes proches.

J'ai choisi Mort-Terrain parce que c'était le stage le plus loin de Montréal et de mon malheur. Voilà où j'en étais. Au bout du monde, à brailler devant deux vieux gigueux, qui me rappelaient à quel point je m'ennuyais d'elle. J'avais beau la détester à en grincer des dents, j'aurais vendu ma mère pour l'avoir dans mon lit.

L'animateur Louis Bilodeau a ensuite présenté madame Brisson, en l'exhortant d'interpréter son succès «Du rhum je veux boire» avec tout l'entrain qu'on lui connaissait. Sa voix suraiguë, son enthousiasme démesuré et le ridicule des paroles («C'est par la bouche qu'on va l'envaler, ti-minou, gros minou...») ont eu raison de mon malheur. Je braillais toujours, mais de rire, cette fois. Un fou rire incontrôlable, comme je n'en n'avais pas eu depuis l'adolescence. Les larmes me coulaient jusque dans le cou, la morve me sortait du nez et je tapais dans le divan comme un possédé vaudou.

Sous la douche, je répétais à tue-tête : «Du rhum je veux boire, du rhum je veux boire, du rhum j'en ai pas encore bu!» Épuisé, vidé et nettoyé, j'ai sombré immédiatement dans un sommeil sans rêves.

*

Quelques jours plus tard, je buvais une bière avec Jim à l'hôtel. Notre amitié m'avait ouvert une porte sur l'univers des Premières Nations et je m'y étais engouffré à pieds joints. En tant que Métis à cheval entre deux mondes, il était le truchement idéal. Depuis les funérailles de Jeffrey Mowatt, j'avais gagné le respect de la communauté. En côtoyant les Algonquins, j'ai appris que la notion de rendez-vous était un concept à géométrie variable. Pour les consultations, il fallait prévoir un retard systématique, parfois de plus d'une heure. *Indian time*, m'avait expliqué Jim.

Si un Indien donne rendez-vous à un autre à tel endroit à la prochaine pleine lune et qu'il arrive trois jours avant, il n'est pas en avance, pas plus que celui qui arrive après n'est en retard. Par contre, quand les oies passent, le chasseur est au poste en embuscade. Pour les Indiens, ce qui peut attendre attend. Les humains peuvent attendre, les animaux, non. Mais ça marchait dans les deux sens. Je pouvais les faire camper plusieurs heures dans la salle d'attente sans qu'ils s'en formalisent.

Il fallait aussi se faire à l'idée qu'ils arrivaient toujours en bande. Si j'avais un enfant à examiner, il pouvait être accompagné de sa mère, sa fratrie, sa grand-mère et ses tantes. Je devais prévoir du temps pour passer tout le monde.

En général, ils étaient trop gros, mangeaient mal et avaient plusieurs problèmes de santé, notamment une vilaine dentition. Le dentiste le plus près était à La Sarre, et visiblement, aucun habitant de Mézézak ne l'avait jamais consulté. J'avais donc commandé des instruments de dentisterie pour détartrer leurs dents et les traiter au fluor. Je donnais aussi des brosses à dents aux enfants. Leurs dents n'étaient pas plus droites, mais au moins, elles étaient moins jaunes. J'avais gardé cette initiative secrète, de peur de me faire tomber dessus par l'Ordre des dentistes du Québec. La médecine occidentale est malheureusement compartimentée en silos étanches. Mais au fond du bois, une approche holistique me semblait préférable.

C'était tranquille au bar. La serveuse Nathalie et quelques autres regardaient distraitement le hockey sans le son. Fidèle au poste, le pharmacien Denis Morel était échoué au comptoir et sombrait progressivement corps et biens.

La bière terminée, j'ai quitté en même temps que Jim. J'avais des rendez-vous toute la journée demain, et il devait préparer des appâts pour la chasse.

Au moment de monter dans nos véhicules, un long hurlement a lacéré le silence du village. J'ai regardé Jim, paniqué, alors qu'un autre cri retentissait; une plainte épouvantée s'étirant dans la nuit. Jim a bondi en direction du son. Il était rapide et je le suivais difficilement. Il a tourné le coin de la 3ᵉ Rue. Au milieu de la chaussée déserte, une silhouette vacillante se tordait en hurlant.

Jim est arrivé le premier. Je l'ai rejoint, essoufflé. C'était Kevin Sauvageau, pieds nus, en pyjama de Spiderman, complètement terrorisé, qui criait de tout son corps. Jim ne bougeait pas. J'ai pris l'enfant dans mes bras, mais il se débattait férocement en criant. J'ai dit à Jim :

— Faut le ramener chez lui. Ça va aller, Kevin.

Nadine et Sylvain habitaient sur la 4ᵉ Rue, juste en face. Nous avons coupé à travers les terrains. Je portais Kevin dans mes bras en tentant de le réconforter. Arrivé chez lui, l'enfant avait retrouvé son état neurovégétatif normal, mais il était frigorifié et grelottait. Jim a sonné. Nadine est venue répondre. Elle portait un tablier de plastique et la maison empestait le vernis à ongles. À la vue de son fils, elle s'est jetée sur lui en criant.

— Kevin! Ô mon Dieu! Mais d'où est-ce que t'arrives? Ô mon Dieu, t'es glacé, mon pauvre coucou!

Krystel est sortie de la cuisine en secouant sa main droite fraîchement vernie. Apercevant l'enfant, elle a tendu une couverture ramassée sur le divan à Nadine. Celle-ci s'est agenouillée pour emmailloter Kevin et le couvrir de baisers. Elle avait l'air d'embrasser une larve géante dans son cocon. Nadine ne comprenait pas.

— Kevin est somnambule. Ça y arrive de se réveiller en criant. Mais y est jamais sorti de la maison. Y peut même pas ouvrir une porte. Kevin, comment t'as faite pour sortir dehors?

Le mur du fond du salon était couvert par une étagère remplie de DVD pour enfants. Il devait y avoir des centaines de boîtiers. J'imaginais Kevin planté toute la journée devant l'écran plasma, son visage bombardé d'images de Buzz Lightyear, Spiderman et Shrek.

J'ai demandé à Nadine :

— Sylvain est pas là ?

— Y regarde la télé en haut. Moi, j'étais dans la cuisine en train de faire les ongles à Krystel. J'ai rien entendu.

Nadine nous a remerciés encore, et nous avons pris congé. En revenant vers le bar, Jim était emmuré dans un silence inhabituel.

— Ça va ?

Il ne répondait pas, cloîtré dans ses pensées. J'ai répété ma question. Il est finalement sorti de sa tête.

— Hein ? Oui, oui…

Il semblait troublé. J'ai insisté.

— Qu'est-ce qu'il y a, Jim ?

— Rien, je te dis. Bonne nuit.

Il est monté dans son pick-up et a démarré rapidement. J'ai regagné ma maison. Seul dans mon lit glacé, les hurlements de Kevin résonnaient encore dans ma tête aussi nettement que s'il avait été dans ma chambre. On aurait dit qu'il répétait un mot. Quelque chose comme « indigo ». En étirant la dernière syllabe en une plainte effrayée.

Pour chasser mon angoisse, je pensais à Sophie. Elle me manquait terriblement. La distance dans le temps et l'espace l'avait transformée en souvenir de femme parfaite que je regretterais toute ma vie. Mais je ne parvenais pas à lui pardonner sa défection. Une partie de moi voulait continuer de la détester.

J'ai fini par m'endormir en imaginant l'embrasser à l'église lors de notre mariage. Elle portait de longs gants et sa robe blanche la moulait avantageusement. Très courte sur le devant, elle se terminait en une longue traîne. De dos, c'était la mariée respectable et raffinée ; de face, elle était l'aguicheuse prête à transformer toutes mes soirées en nuits de noces.

J'ai rêvé que je la poursuivais sur la banquise. La blancheur de sa robe de mariée la rendait presque imperceptible dans la neige. Seule sa longue chevelure noire était visible, tache sombre et mouvante, s'éloignant comme un troupeau d'étalons au galop.

*

Un soir, j'étais assis dans le divan en train de relire *Les particules élémentaires* de Michel Houellebecq. C'est avec ce livre qu'il aurait dû gagner le Goncourt. *La carte et le territoire* est bien, mais pas aussi drôle et étoffé que *Les particules.*

En tournant une page, j'ai remarqué qu'une lueur vacillante illuminait la base de l'amas de mort-terrain de l'autre côté du lac. Je suis sorti sur la galerie. Dans la nuit paisible, un feu de camp s'élevait en une longue colonne. On entendait des vrombissements de VTT. La nuit était bonne et le cynisme misanthrope de Houellebecq commençait à me déprimer. J'ai décidé d'aller voir avec le quatre-roues de Steph.

C'était la première fois que j'allais sur le site de l'ancienne mine. La nuit, le paysage était spectaculaire de désolation. J'avançais dans une vaste vallée enclavée par d'immenses parois cendrées. Mes phares façonnaient des ombres dans les amas de gravats stériles. Je me sentais aussi petit qu'un Hobbit dans le Mordor.

Le chemin menait à une mince berge coincée entre la montagne et le lac. Exactement en face, je voyais les grands triangles lumineux des fenêtres de ma maison, voilier solaire voguant dans la nuit. Un grand feu de camp flambait en crépitant. Autour, une demi-douzaine de jeunes assis sur des chaises pliantes. D'autres s'amusaient en quatre-roues sur l'escarpement, traçant de longues lignes courbes sur le sol inculte du mort-terrain. Plan incliné, paraboles, asymptotes, mes maths de secondaire V me revenaient.

J'ai stationné mon véhicule à côté des autres. Un haut-parleur, d'où sortait du Slipknot, couvrait à peine le son des quatre-roues. Tout le monde se demandait qui était l'intrus. J'avais le sentiment d'interrompre une cérémonie secrète. En m'avançant, dans le cercle de lumière, un jeune m'a reconnu et s'est levé avec ressort pour m'accueillir.

— Docteur! Viens t'asseoir. Veux-tu une bière?

J'ai accepté la 50 qu'un gars avait pêchée dans une glacière. Mon hôte m'a présenté fièrement à tout le monde, des jeunes Morterrons de quinze à vingt ans, pour la plupart des gars. Lui-même s'appelait Jonathan Sauvé. Je le connaissais de vue comme le gros emballeur toujours de bonne humeur du Axep. Il a terminé le tour de table avec un gars et une fille d'environ dix-huit ans, assis côte à côte.

— Ça, c'est Steeve. Sa blonde Véronique.

La fille était magnifique, une grande blonde au regard paisible. Son chum était un grand efflanqué dont la tête était dissimulée dans un capuchon. Plus de deux ans après la fin de la grève étudiante, il arborait encore un carré de feutre rouge épinglé sur son kangourou du camp Minogami.

Je me suis assis sur une chaise à côté d'eux. Pour meubler le silence, Jonathan a précisé :

— Ils viennent de Montréal.

J'aurais pu deviner. C'étaient les seuls de la bande dont les dents étaient droites. J'aurais voulu dire à Jonathan que ce n'était pas parce qu'on habitait tous les trois une agglomération de 3,8 millions de personnes qu'on avait forcément des choses à se dire. Je leur ai quand même demandé :

— Qu'est-ce que vous êtes venus faire à Mort-Terrain ?

Le gars a répondu d'un ton détaché.

— Visiter la famille.

Tandis qu'il mettait une bûche dans le feu, Jonathan tentait d'attiser la conversation.

— C'est le neveu de Ti-Nouche.

J'ai saisi la perche.

— T'es un Vaillancourt ?

— Non, Simard. Vaillancourt, c'est ma mère.

Son visage entièrement dans l'ombre de son capuchon, il fixait le feu. Sympathique comme une porte de prison. Une dernière question, par acquit de conscience, après je laissais tomber.

— Vous venez d'où à Montréal ?

Steeve et Véronique ont répondu en même temps :

— Saint-Lambert.

— Ah oui ? Moi aussi. Quelle rue ?

Hasards et coïncidences, Steeve habitait sur la rue Maple, à deux rues de la maison de mes parents. Ça devenait intéressant.

— Es-tu allé à Gaston-Miron ?

— Oui. Mais l'école a été fusionnée avec la polyvalente de Longueuil l'année passée.

J'avais réussi à insérer mon couteau dans l'huître. Steeve s'ouvrait tranquillement.

— Pis les Spartiates ?

Il s'est tourné vers moi avec intérêt, en rabattant le capuchon sur ses épaules. Il a dégagé une mèche de son long visage, révélant des yeux pétillants d'intelligence.

— Finis. C'est les Aigles maintenant.

Stupeur et tremblements. J'avais joué pendant tout mon secondaire pour l'équipe de football des

Spartiates de Gaston-Miron. Les Aigles de Longueuil étaient nos ennemis jurés. S'ensuivit une discussion passionnée autour de nos années de secondaire. Au début, les autres jeunes écoutaient. Mais nos anecdotes hermétiques les ont exclus rapidement et ils sont retournés à leurs bavardages. Véronique est intervenue quelquefois pour préciser un souvenir.

Les traditions perduraient. Chaque rentrée, l'école donnait toujours un exemplaire de *L'homme rapaillé* aux élèves de secondaire I. Paulin Méthot enseignait encore l'anglais. Aux dires de Steeve, il était toujours aussi colérique quand on l'appelait monsieur l'œuf ou Paulin la couette. Il y a quatre ans, toute l'école avait été secouée par le suicide du quart-arrière des Spartiates, retrouvé pendu sur le terrain. J'avais vaguement entendu parler de cette sordide histoire.

En discutant avec Steeve, c'est toute mon adolescence sur la Rive-Sud qui me revenait. À force de détails, il avait désoperculé les alvéoles de ma mémoire et le miel de ma jeunesse coulait, abondant et sucré. Le feu projetait des ombres de titans sur la paroi de mort-terrain. Les ombres de mes souvenirs ressuscités. Lui aussi fumait des joints au parc Logan. Comme je l'avais si souvent fait, lui aussi attendait l'autobus 13 au coin de l'avenue Walnut et du boulevard Desaulniers pour aller aux Promenades Saint-Bruno. Et comble d'étrangeté, lui aussi lisait dans les marches de l'église Saint Andrews. J'avais l'impression de revivre ma propre adolescence à dix ans d'intervalle. C'étaient comme des retrouvailles avec un vieux compagnon.

Steeve m'aurait fait un excellent ami au cégep. Quoiqu'un peu trop radical. Étudiant de deuxième année en lettres au cégep du Vieux Montréal et membre de l'exécutif de l'asso étudiante, il s'était retrouvé au front lors des événements du Printemps érable. Critique, allumé et baveux, il représentait cette jeunesse qui avait tant fait chier Claude Poirier et Richard Martineau.

J'ai quitté l'assemblée au moment où quelqu'un a proposé un bain de minuit. Je n'allais quand même pas me baigner tout nu avec des mineurs. En plus, l'eau devait être glaciale. Avant de m'en aller, j'ai lancé avec incrédulité à Jonathan :

— Vous êtes pas *games*.

Il a enlevé son chandail et m'a lancé avec arrogance :

— Regarde-nous ben aller, mononc'.

De retour chez moi, je suis resté sur la galerie pour écouter les cris des baigneurs qui s'ébattaient dans la nuit. Je les enviais, ces jeunes. Leur audace et leur insouciance me manquaient.

4

LES PROJECTIONS DE FRAGMENTS DE ROCHE

Depuis ma rencontre avec Steeve, je m'étais replongé dans *L'homme rapaillé*. J'avais trouvé le livre écorné et annoté au fond de ma grosse valise beige. C'est fascinant comme un poème peut changer de signification au cours d'une vie. « La marche à l'amour », par exemple. En secondaire IV, dans un exposé oral devant ma classe, j'en avais déclamé de grands pans avec toute la grandiloquence que permet l'espoir.

Dans ma maison vide, séquestré dans la forêt abitibienne, ce texte pompeux n'évoquait à présent qu'amertume et trahison.

J'ai sursauté en entendant des bruits de pas dehors. Une multitude de petits pieds hésitants progressaient à partir du côté de la maison jusque sur la galerie arrière, face au lac. Par la fenêtre, j'ai aperçu de petites silhouettes informes qui trottinaient dans la nuit. Inquiet, je suis allé à la porte.

Plaqué dans la vitre, le contour d'un visage caché par un long chapeau pointu à large bord m'a fait bondir de frayeur. La face s'est esclaffée. En ouvrant, j'ai découvert Nadine déguisée en sorcière, accompagnée d'une demi-douzaine d'enfants eux aussi déguisés. Elle était pliée de rire.

— Hé les amis, on a fait peur au docteur. Hoooouuuuu !

Les enfants riaient. Il y avait une princesse, un joueur de hockey, un Darth Vader, une abeille, un ours et un Spiderman amorphe, que je devinais être Kevin. Un enfant d'environ douze ans tenait un couteau de plastique ensanglanté dans une main et un contenant de lave-glace avec du Gatorade bleu dans l'autre, auquel il s'abreuvait régulièrement. Une douteuse référence au docteur Turcotte, qui en disait long sur le jugement de ses parents.

J'avais complètement oublié que c'était l'Halloween. Je les ai fait entrer, un peu mal à l'aise. Nadine était finalement beaucoup plus sexy qu'épeurante. Elle était toute de noir vêtue, et sa minijupe était vraiment courte. Un collant charbonneux lissait la chair de ses cuisses. Ses bottillons à talons aiguilles allongeaient ses jambes et cambraient avantageusement ses fesses. Un bustier affinait sa taille et remontait ses gros seins. Son rouge à lèvres noir lui donnait l'air d'une succulente succube.

— Écoute Nadine, je suis désolé, j'avais complètement oublié que c'était l'Halloween. À part du Kraft Dinner, pis des cannes de bines, j'ai rien à vous donner.

— C'est pas grave, Julien. On voulait juste te dire bonjour. Venez les enfants, on va continuer notre tournée.

— T'as pas assez des enfants le jour, tu t'en occupes le soir aussi?

— Bah, je fais ça depuis des années. J'embarque les petits dans le *truck*, pis on se promène dans le village. C'est comme une tradition. Ça leur fait plaisir, pis à moi aussi.

La plaine de ma pingrerie accentuait la hauteur de sa générosité. J'avais beau chercher, je n'avais rien pour eux. Je les ai salués en m'excusant encore.

Au moment de passer la porte, elle s'est penchée pour ajuster le costume de la petite abeille, dont la capuche lui tombait sur les yeux.

— Viens ici, ma belle. On va te remonter ça, tu vois rien, là…

Moi, par contre, je voyais tout... L'inclinaison de son torse avait fait remonter sa jupe, révélant complètement ses belles fesses rondes. Un peu dodues selon mes standards habituels, mais totalement tentantes. À travers ses collants, on voyait son string, composé de deux fines lanières savamment entre-croisées. J'étais ensorcelé par son cul.

Elle a fini par se relever comme si de rien n'était et s'est retournée pour me saluer en souriant.

J'étais troublé. Avait-elle fait exprès ? L'ingénue connaissait parfaitement la longueur de sa jupe. Se doutait-elle seulement de la puissance de l'image qu'elle m'avait laissée ? Cette nuit-là, il s'est opéré chez moi rien de moins qu'un renversement de paradigme libidinal. Une reconfiguration complète de mes prolégomènes érotiques. Les fesses sphériques de Nadine avaient remplacé les jambes effilées de Sophie comme matière première dans mon usine à fantasmes.

*

Le lendemain matin, sur le chemin de Mézézak, passé la maison victorienne qui semblait abandonnée, Martin Langevin était planqué dans sa voiture de fonction. Il m'a salué d'un coup de sirène.

J'étais découragé par la mauvaise santé de mes patients de Mézézak, qui ne tenaient aucun compte de mes recommandations. Ils persistaient à fumer, boire et mal manger. C'était à se demander à quoi je servais. Un entrepreneur en pompes funèbres aurait été plus utile. Bref, une mauvaise journée.

Au retour, Langevin n'était plus là. Je repensais au fait qu'il m'avait dit que la SQ n'avait pas juridiction sur la réserve. Or, je l'avais croisé deux fois embusqué dans un cul-de-sac qui menait à Mézézak. Pourquoi ? Il fallait que j'aille voir. Je me suis garé dans le petit chemin et je suis sorti explorer. Un corbeau s'est envolé d'une épinette en craillant. Comment une créature si intelligente pouvait-elle avoir une voix si désagréable ?

Le chemin progressait au milieu des épinettes et rétrécissait jusqu'à devenir un sentier de quatre-roues. Le couvercle de nuages donnait une teinte grisâtre à toute la forêt. L'air était chargé d'une fraîcheur boréale et d'humus. Tout était calme. Au bout de cinq minutes, je me suis assis sur un rocher pour écouter le silence. Un vent léger faisait bouger les arbres. En y portant attention, je percevais un bourdonnement mécanique régulier. Je me suis remis en marche, plus rapidement. Pas de doute, je me rapprochais du son.

Au beau milieu de nulle part, je suis tombé sur une clairière occupée par une plantation. Alignés comme des soldats à la parade, les plants touffus étaient d'un vert foncé et hauts d'à peine un pied. À première vue, on aurait dit un champ de poivrons. Mais les feuilles dentelées et une forte odeur caractéristique suggéraient plutôt des tiges de cannabis nain, chargées de cocottes odorantes et fournies. Voilà donc ce que surveillait Langevin.

Tout près du sentier se trouvait un cabanon verrouillé. J'ai pris des photos avec mon téléphone. Je me sentais comme un espion en mission.

Le ronronnement motorisé semblait parvenir de plus loin. Le chemin menait à une petite butte rocheuse tapissée d'aiguilles d'épinettes jaunies et couronnée par un enclos. En son centre, une sorte de derrick se dressait, au milieu duquel tournait une longue tige enfoncée dans la roche. Le tout émettait un son de martèlement métallique et de moteur de tracteur. L'odeur âcre de combustion du diesel raclait les narines.

J'ai filmé un plan d'ensemble avec mon téléphone en m'attardant aux détails de la machine turquoise et noire, une rutilante Chantang, modèle GY300T. J'ai terminé par un gros plan d'un petit panneau métallique noir installé dans un coin de la clôture. La plaque portait un W et un M peints en rouge rubis. Les lettres étaient superposées de telle sorte que les deux pointes du bas du W et celles du haut du M formaient les mâchoires dentées d'une pelle mécanique. Ou les quatre canines d'une créature carnassière. Étrange logo. Sûrement pas celui d'une compagnie d'assouplisseur textile.

Autour de l'enclos, personne. Aucun son d'oiseau. Seulement cette machine qui fonctionnait toute seule, comme animée par sa propre impulsion. Le crépuscule était tombé sans que je m'en aperçoive. Les branches d'épinettes moussues formaient de grandes mains inquiétantes. Je me suis remis en route à pas rapides, menacé par une présence inexpliquée.

Parvenu à ma voiture, je courais presque. À la vue de mon véhicule, je me suis détendu. Encore un peu nerveux, j'ai laissé tomber mes clefs. Penché pour les ramasser, j'ai entendu derrière moi :

— Qu'est-ce tu fais icitte ?

Je me suis retourné en sursautant. Daniel Lacroix, un petit teigneux vêtu d'une salopette et d'un mackinaw délavé, me toisait méchamment. Rasé de près, son crâne était minuscule, comme réduit par une tribu jivaro, avec des yeux trop rapprochés. Il tenait une carabine dans sa main droite. D'où avait-il surgi ? Il savait qu'il m'avait fait peur et ne tentait pas de diminuer le malaise.

— Euh, rien. Je me promenais dans le bois.

— As-tu vu quelque chose dans le bois ?

— Des arbres.

Je savais qu'il savait que je savais. Il s'est approché de moi en me regardant avec ses petits yeux de belette.

— Icitte, t'es chez nous. J'aimerais pas ça qu'y arrive un accident de chasse sur mon terrain. Pis toi non plus, t'aimerais pas ça.

Il a chargé sa carabine en la secouant de haut en bas avec un clic-clac menaçant.

— C'est cool. Je savais pas que j'étais chez vous. Désolé.

Je suis monté dans mon auto et j'ai quitté rapidement. Dans mon rétro, je l'ai vu épauler et me viser, avant de lever le canon et de tirer en l'air. Par instinct, j'ai rentré la tête dans les épaules. La détonation a retenti au moment où je passais devant sa maison délabrée. Une maison aussi mauvaise que lui. Mon cœur pompait. Un crisse de fou.

Arrivé chez moi, j'ai barré toutes les portes et allumé toutes les lumières. Qu'est-ce qui m'arrivait? J'avais peur, et pas seulement parce que j'avais failli me faire tirer dessus par un débile. Il y avait quelque chose de plus. Depuis hier, en fait. Depuis les cris de Kevin et l'inquiétude de Jim. Il n'avait pas voulu me le dire, mais il redoutait quelque chose. Et il y avait le pot. Était-il au courant? Je ne pouvais pas alerter la police : Langevin était possiblement dans le coup. Fallait-il seulement avertir quelqu'un, ou laisser les Morterrons jouir de l'usufruit de leurs talents agricoles? Et la machine qui marchait toute seule dans le bois? Fallait que je parle à Jim.

Je l'ai appelé chez lui. Pas de réponse. À Mort-Terrain, personne n'avait de cellulaire. Aucune compagnie de téléphone ne voulait assumer les coûts d'un réseau aussi éloigné et peu rentable.

Pour souper, j'ai accompagné mon scotch d'un Kraft Dinner. Mon menu végétarien était limité presque exclusivement aux pâtes. Je les déclinais littéralement à toutes les sauces, mais je commençais vraiment à m'ennuyer du tofu de chez Rachelle-Béry.

À la télé, TVA repassait *Le flic de Beverly Hills*. Eddy Murphy avait vraiment des belles dents. Il a bien fallu que je me couche. J'ai fermé les lumières une à une jusque dans ma chambre. À travers la baie vitrée de la cuisine, la masse ombragée de mort-terrain imitait la silhouette d'un dragon assoupi qui va se réveiller bientôt.

J'ai mis du temps à m'endormir, et mon sommeil était troublé d'images malsaines. Chaussé de mocassins, j'errais dans le bois, affolé. Autour de moi, issus de la forêt elle-même, des cris d'enfants terrifiés achevaient de me rendre fou.

Le froid m'a réveillé. Le bruit aussi. Ma fenêtre était ouverte et le vent s'y engouffrait furieusement, faisant claquer les rideaux. Je me suis levé pour refermer. Dehors, c'était glacial. Un froid hivernal. Je me suis remis au lit avec une couverture de plus et des bas, frissonnant, plus seul que jamais.

La dernière fois que j'avais eu aussi peur, je devais avoir six ans. C'était le soir, mon père me gardait et je m'étais levé pour aller aux toilettes. Dans la maison, toutes les lumières étaient allumées. La télé marchait. Rien de plus inquiétant qu'une télé ouverte dans une maison déserte. Je me rappelle, c'était les nouvelles avec Bernard Derome. J'ai fait le tour de la maison, le cœur battant. Mon père n'était nulle part. J'étais terrorisé. Était-il parti pour toujours? S'était-il fait enlever? Je suis retourné me coucher en me cachant sous les couvertes. Quelques instants plus tard, j'ai entendu mon père rentrer. En sortant les poubelles, il avait parlé cinq minutes avec le voisin. Je me suis rendormi, à la fois soulagé et furieux d'avoir été abandonné dans la nuit.

*

L'hiver avait surgi d'un seul coup. Pas de neige, mais un froid arctique, vif et piquant. Le thermomètre sur la galerie indiquait moins trente-cinq degrés Celsius. Est-ce que ça comprenait les facteurs éolien et de refroidissement? Avec les nouveaux paramètres météorologiques, les chiffres ne veulent plus rien dire. En tout cas, ce matin, il faisait vraiment frette. Sans tuque ni gants, je n'avais qu'un simple coupe-vent, dont j'avais relevé le col, avec le naïf espoir de me protéger du vent nordique.

Évidemment, mon char ne partait pas. J'ai appelé Ti-Nouche pour qu'il vienne me survolter. Il est arrivé habillé comme un bibendum, avec une tuque Castrol verte et blanche, un habit une pièce et d'immenses couvre-chaussures caoutchoutés. Il m'a dépanné avec un plaisir narquois, trop heureux de faire la morale au petit gars de la ville mal habillé, au volant d'une hybride pas faite pour l'hiver. Il travaillait rapidement, avec la précision du pro. Ouverture du capot, branchement des pinces sur la batterie, démarrage du moteur, il ponctuait toutes ses actions de sifflements moqueurs. Il m'énervait, mais il avait raison : je n'étais pas préparé à l'hiver abitibien.

Mon auto a démarré dans un léger bourdonnement électrique. J'ai remercié Ti-Nouche d'un coup de klaxon. Pendant que le moteur tournait, j'ai dégivré le pare-brise avec un CD de Malajube. J'étais transi de froid et je conduisais les mains enfoncées dans les manches. La veille encore, on circulait en t-shirt. Tabarnak que c'était brutal.

Ce matin, j'avais rendez-vous avec Marie Cananasso, une vieille Algonquine à la peau striée comme l'écorce d'un mélèze. Curieusement, elle était en avance. Il fallait lui opérer un ongle incarné. Ses pieds étaient dégueulasses, avec des ongles durs et recourbés comme des griffes. J'ai dû les couper avec des pinces. Elle ne parlait qu'algonquin. C'était sa fille Nicole qui assurait la traduction. Je lui ai demandé si sa mère se coupait les

ongles. Pas vraiment, elle n'avait pas de coupe-ongles.
En soupirant, je suis allé en chercher un dans un tiroir.

— Cadeau.

Je me suis tourné vers Nicole.

— Comment on dit *cadeau* en algonquin?

— *Shawendjigan.*

J'ai tendu le coupe-ongles à madame Cananasso
en bredouillant le mot. Elle m'a répondu :

— *Migwetch.*

Ça, je savais que ça voulait dire merci.

Je lui ai montré comment s'en servir. Elle semblait
fascinée par l'objet. Comment ils faisaient pour se
couper les ongles dans le bois? Les doigts, on pouvait
toujours les ronger, mais les orteils?

L'intervention s'est bien déroulée. Elle pourrait
remarcher normalement d'ici quelques jours. En
attendant, il lui fallait un fauteuil roulant. Je lui ai
prêté celui du centre. J'ai raccompagné la mère et la
fille. La pauvre peinait à pousser le fauteuil dans la
gravelle gelée. Toujours en soupirant, je me suis habillé
pour aller l'aider. C'est vrai que la gravelle, c'était pas
terrible en chaise roulante. Il aurait fallu des chaînes.
J'ai roulé la vieille tant bien que mal jusque chez elle.

On était presque rendus lorsqu'une meute d'une
dizaine de chiens a incurvé sa trajectoire vers nous.
D'affreux bâtards au pelage galeux, mauvais comme
un équipage de pirates, si maigres qu'on aurait pu
jouer du balafon sur leurs côtes. Plusieurs avaient des
oreilles arrachées. L'un était borgne. Un autre était
amputé d'une patte arrière et progressait à la traîne
en sautillant laborieusement. Les chiens errants étaient
devenus un véritable problème sur la réserve. Personne
ne savait d'où ils venaient. Ils n'appartenaient à
personne. La plupart du temps, ils se querellaient entre
eux pour la nourriture qu'ils glanaient. Ils devenaient
de plus en plus hardis et menaçants.

Les chiens avançaient vers nous avec leurs petits yeux de hyènes malveillantes. Ayant l'habitude de travailler en groupe, ils ont commencé à nous encercler en grognant. J'ai arrêté de marcher. Nous étions maintenant complètement cernés. Les bêtes se délectaient de ma peur en montrant leurs dents. Nicole aussi était tendue. Se redressant dans son fauteuil, madame Cananasso a crié avec autorité deux syllabes en algonquin. Aussitôt, la meute s'est écartée pour nous laisser passer, comme la mer Rouge devant Moïse.

Après avoir aidé madame Cananasso à entrer chez elle, j'ai attendu que les chiens soient hors de vue avant d'aller rendre visite à Jim. Il paraissait heureux de me voir et m'a invité à entrer. Le salon et la cuisine formaient une seule pièce. Je me suis assis dans un vieux divan vert pendant qu'il faisait du thé. Pour un célibataire, sa maison était en ordre. Les murs étaient ornés de vieilles photos d'Indiens en noir et blanc. Certaines devaient remonter au début du XXe siècle. Hommes, femmes et enfants regardaient l'objectif avec fierté et une pointe de défi. Et toujours cette gravité dans la pose, qui leur conférait une émouvante dignité. Jim est venu s'asseoir avec les boissons dans des verres en plastique.

— Merci. C'est ta famille ?

— Oui. Les Papati.

Il a désigné un petit gars avec un bandeau, habillé en peau avec des mocassins.

— Ça, c'est moi. Je devais avoir quatre ans. Ça, c'est mon arrière-arrière-grand-père Joseph. Mon arrière-grand-mère Marie, mon grand-père Allen, ma grand-mère Lise, ma tante Guylaine dans le temps qu'elle avait encore ses jambes, ses enfants et mon oncle Claude. On est cinq générations.

— Ta mère était pas là ?

— Non. Elle devait être soûle morte en train de ronfler dans un tipi.

J'ai laissé passer le malaise avant de raconter à Jim ce que j'avais vu dans le bois hier. Je lui ai montré les photos de la plantation. Le pot était un secret de Polichinelle. Daniel Lacroix le cultivait, Martin Langevin le surveillait et Stéphane Bureau le revendait.

— En tout cas, avec le gel de cette nuit, la récolte vient de prendre le bord.

— Au contraire. C'est une sorte de pot adapté au froid. C'est pour ça que les plants sont petits. Ils appellent ça du Bonzaïon.

— Bonzaïon?

— Ouain, pour bonzaï et Zaïon, le paradis des Rastafari. Avec le froid, la résine gèle, et le hash est plus concentré. Un peu comme du cidre de glace. Bureau revend ça aux motards de La Sarre.

Il ne semblait pas se formaliser de ce genre d'activités. En ces temps difficiles, le pot avait au moins le mérite de faire entrer de l'argent neuf à Mort-Terrain.

Jim a regardé attentivement le petit film du derrick avant de laisser tomber pour lui-même :

— Y sont revenus…

Il m'a tendu mon téléphone, perdu dans ses pensées. Il s'est raidi soudain.

— Faut montrer ça au conseil de bande.

Il a pris son gros manteau avant de sortir en trombe. Il marchait vite, je courais presque pour le suivre. L'édifice du conseil de bande de Mézézak était situé à l'entrée de la réserve, entre l'église et le centre de santé. La devanture était ornée d'un magnifique totem représentant plusieurs animaux de la forêt accroupis les uns sur les autres. Jim est entré en coup de vent en lançant un *kwé* à la secrétaire, avant de filer dans le bureau de son oncle.

À notre arrivée, le chef Claude Papati s'est levé de son bureau pour nous accueillir. Il avait une bonne bouille de sage sympathique et les cheveux poivre et sel coupés courts. Il portait une chemise dont les manches roulées révélaient les taches indélébiles de l'eau de Javel des jésuites sur ses avant-bras. Ça faisait le même effet que les numéros de série tatoués sur les bras des survivants d'Auschwitz. Jim lui a dit quelques mots en algonquin en lui montrant la vidéo sur mon téléphone. Il est resté songeur avant de souffler :

— Y sont revenus...

Il m'a regardé, inquiet.

— Où t'as filmé ça ?

— Au bout du petit chemin en face de chez Lacroix.

Jim a demandé à son oncle :

— Penses-tu que c'est sur notre territoire ?

— Je le sais pas, mais faut aller voir ça tout de suite.

Les événements se précipitaient. J'ai voulu les avertir.

— Euh, vaudrait mieux pas retourner là-bas. Lacroix a menacé de me tirer s'il me revoyait chez eux.

Claude s'est arrêté dans le corridor, a lâché ce qui ressemblait à des sacres en algonquin, avant de bifurquer dans une pièce à gauche. Il en est ressorti avec deux carabines. En tendant une arme à Jim, il m'a dit :

— Y a pas un Blanc qui va nous empêcher d'aller sur nos terres. Viens avec nous, tu vas nous montrer c'est où.

Entassés les trois dans le pick-up de Claude, nous sommes passés chercher Jerry, le cousin de Jim. Il est sorti de sa maison en courant, entièrement vêtu d'une tenue de camouflage, avec sa carabine à lunette. Je n'avais jamais vu quelqu'un d'aussi grand et massif.

Un grizzly sur deux pattes. Dans son immense main, l'arme avait l'air d'un jouet. Lorsqu'il est monté dans la boîte, la suspension s'est affaissée sous son poids.

Le camion de Claude roulait rapidement. Jim et lui étaient concentrés et tendus. Les Indiens m'avaient toujours paru relax et nonchalants. C'était nouveau pour moi de les voir transformés en guerriers aux aguets. J'aurais pu être inquiet, mais je me sentais en confiance. Je n'étais pas leur prisonnier, mais leur guide. J'avais définitivement franchi la barricade.

Arrivé au chemin forestier, j'ai fait signe à Claude.

— C'est ici.

Il a freiné et stationné le camion dans le chemin en reculant habilement. Après un caucus en algonquin, Jerry s'est posté en sentinelle, pendant que Claude et Jim se mettaient en route. Ils progressaient rapidement et silencieusement sur le sol gelé couvert de frimas. Je peinais à les suivre, grelottant dans mon petit manteau en néoprène Arc'teryx, idéal pour faire la file au restaurant L'Avenue sur Mont-Royal.

Le chemin semblait avoir été très fréquenté depuis ma visite de la veille. Les ornières étaient élargies, plusieurs branches étaient cassées et on comptait de nouvelles traces de pneus.

Dans la clairière, la plantation avait disparu, complètement rasée. Il ne restait que des moignons de tiges dans un champ encerclé par la forêt. J'étais éberlué.

— Ça se peut pas.

Jim ne semblait pas surpris.

— Ils ont tout ramassé cette nuit. Ils se doutaient que t'allais bavasser.

Claude a mis sa main sur l'avant-bras de Jim pour lui faire signe d'écouter. Le gargarisme du moteur nous parvenait distinctement. Fébriles, nous avons poursuivi notre route. Coagulée par le froid, la forêt était plongée dans le coma.

La machine était toujours là, immuable colonne qui trouait la terre. Jim et Claude ont bondi sur la butte rocheuse pour examiner la forêt en indiquant des repères invisibles à mes yeux.

Ils parlaient en algonquin. C'était une langue musicale, avec des ANE et des AK. Une langue de la forêt, qui résonnait au même titre que le bramement d'un chevreuil ou le babil d'une rivière. J'avais froid et je commençais à m'impatienter.

— Pis, on est-tu sur la réserve?

Jim me répondit en m'indiquant une éclaircie dans la masse verdâtre des épinettes.

— Tu vois la talle de trembles, là-bas? Après, y a un ruisseau. C'est la frontière de la communauté.

— Faque icitte on est sur la terre à Lacroix?

— Oui.

— Mais d'où ça vient, cette machine-là?

Claude s'est retourné pour examiner l'appareil.

— C'est une foreuse. Ça doit être une compagnie minière qui l'a installée pour faire de la prospection.

J'étais curieux.

— Ils ont-tu demandé à Lacroix pour mettre ça chez eux?

— Pas sûr. Si y ont un *claim*, ils peuvent forer sans permission.

— Ils peuvent débarquer comme des sauv… euh… sans avertir personne?

— Selon la Loi sur les mines, oui. Ça, c'est sauvage pas à peu près.

Jim est intervenu.

— Au moins, ils sont pas chez nous.

— C'est quasiment pire. S'ils sortent du minerai, on n'aura pas une cenne. Pis le lac est juste en bas. Avec toutes les cochonneries chimiques qu'ils mettent dans le sol, c'est sûr que ça va contaminer notre eau.

Jim était dépité.

— Qu'est-ce qu'on va faire, Claude ? C'est pas vrai qu'ils vont nous redéménager, les tabarnak !

— Je vais aller voir la mairesse de Mort-Terrain. Techniquement, c'est sur le territoire du village. Elle doit être au courant. Faudrait trouver le nom de la compagnie.

J'examinais déjà le panneau avec le logo rouge et noir.

— WM, c'est le seul indice qu'on a.

Claude a proposé :

— Allez sur Internet au centre de santé. Moi, je vais appeler la mairesse.

Nous avons regagné le camion rapidement. Jerry n'était plus là. Claude et Jim commençaient à s'inquiéter. Totalement dissimulé par ses vêtements de camouflage forestier, il a surgi du fossé en criant. Claude et Jim l'ont braqué avec leurs fusils avant de rire avec lui de sa blague. Moi, je ne riais pas du tout. Les armes à feu me rendaient nerveux.

Jerry avait préféré se mettre en embuscade pour surveiller plutôt que d'offrir une cible de choix en restant à découvert. Sage décision. Avec ce que j'avais vu hier, Lacroix me paraissait plutôt du type à tirer avant de poser des questions. Jerry s'est présenté en me broyant la main dans sa paluche énorme.

Ils discutaient en algonquin pendant que je ratatinais de froid. J'ai éternué bruyamment. Jim s'est retourné.

— Pauvre toi, on va rentrer.

Claude et Jerry nous ont déposés au centre. J'ai dit à Geneviève que je ne voulais pas être dérangé.

Le centre de santé était le seul endroit de Mort-Terrain doté d'une connexion Internet haute vitesse. À Mézézak et dans le village, on en était encore aux crépitements du modem, qui permettait tout juste l'envoi de courriels. Sur Google, j'ai inscrit « WM minière ». Les résultats n'ont pas tardé. Les premières entrées indiquaient : Wendigo Mining Co. J'ai cliqué sur Images. Le logo avec le W et le M rouges sur fond noir est apparu. Triomphant, je me suis retourné vers Jim.

— Bingo !

Livide, il fixait l'écran, complètement immobile.

— Eh, Jim, ça va ?

Il ne bougeait pas. Je lui ai brassé légèrement le bras.

— Qu'est-ce que t'as ? On dirait que t'as vu un fantôme.

Il a cligné des yeux et tenté de se ressaisir. Je lui ai servi un verre d'eau.

— Qu'est-ce qu'y a, vieux ? Ça fait deux fois que je te vois de même. L'autre fois avec Kevin qui criait comme un perdu, tu...

— Justement, c'est ça qu'il criait : Wendigo.

— Ça sonnait plus comme « indigo ». C'est peut-être juste un hasard.

— C'est pas un hasard. Quand la foreuse a été installée, Kevin l'a vue dans son cauchemar.

— Ben voyons donc. Tu penses que...

Il m'a coupé avec impatience et autorité.

— Sais-tu c'est quoi, le Wendigo ?

— Non.

D'ordinaire agréable et douce, sa voix est devenue grave. Son récit m'a figé le sang.

Dans la mythologie autochtone d'Amérique du Nord, le Wendigo est une créature maléfique qui hante la forêt en hiver. Son nom veut dire « cannibale maudit ». C'est un immense humanoïde squelettique dont les orteils ont été dévorés par le froid. Toujours affamé, il a mangé ses propres lèvres. Ceux qui sont frappés par sa malédiction développent le goût de la chair humaine et finissent par manger ceux qui les entourent, y compris leurs enfants.

À l'époque où les Indiens vivaient dans le bois, dès l'automne, les tribus se dispersaient en petits clans familiaux pour agrandir le territoire de chasse. Les hivers pouvaient être très durs, et pendant les tempêtes ou les vagues de froid, les chasseurs rentraient souvent bredouilles. La famine assiégeait les familles. Pour survivre, la tentation était grande de manger ceux qui étaient morts de faim. Certains affamés devenaient fous et tuaient carrément leurs proches pour les manger.

Jim était un conteur redoutable. Il parlait en regardant fixement devant lui. Brusquement, il s'est tourné vers moi.

— La pulsion cannibale, c'est ça la malédiction du Wendigo.

Je frissonnais, et pas seulement à cause du froid.

Chez les Amérindiens, le cannibalisme est le plus grand tabou. Pour eux, le Wendigo est plus terrifiant que n'importe quel diable ou loup-garou. Il peut manger les hommes ou les maudire pour les forcer à s'entredévorer. On dit que son appétit pour la chair humaine est insatiable. Plus il en mange, plus il devient fort et rapide. Il peut même se téléporter et se démultiplier. Il possède aussi des pouvoirs de mystification et peut imiter toutes les voix humaines pour égarer les gens. Lors des grands froids, il s'attaque aux individus isolés. La seule façon de tuer le Wendigo est de faire fondre son cœur de glace.

Selon les légendes, le Wendigo peut aussi dévorer l'âme d'une personne. Autrefois, les Amérindiens mettaient toutes les ressources du clan en commun. Quiconque accumulait trop de biens personnels ou faisait preuve d'avarice pouvait être suspecté de malédiction par le Wendigo. Si le possédé ne se suicidait pas, la communauté l'abattait, avant qu'il ne dévore un de ses membres.

Mon esprit scientifique essayait de rationaliser.

— Oui, mais c'est juste une légende.

— Le cannibalisme en temps de famine, c'est pas une légende. Wendigo Mining, c'est pas une légende. Tu l'as vue, la foreuse.

— Wendigo, c'est le nom d'une compagnie minière. Faut pas mélanger les croyances et la réalité.

Il m'a regardé dans les yeux.

— Est-ce que tu crois en l'argent?

— L'argent, c'est réel. J'ai pas besoin d'y croire.

Il a sorti de sa poche un nouveau billet de vingt dollars en polymère avec le portrait de la reine sur les deux côtés.

— La vraie valeur de ce morceau de plastique, c'est vingt cennes. C'est ça que ça coûte à produire. Quand tu dis que ça vaut vingt dollars, c'est une croyance basée sur la confiance dans un système monétaire.

— La science économique est appuyée par des théories qui…

Il m'a coupé sec pour m'exposer son point de vue.

L'économie n'est pas une science. La science a une capacité de prédiction. Si on laisse tomber une roche au sol, un physicien est capable de prédire sa vitesse grâce à la loi de la gravité. Mais les prédictions des taux de croissance de l'économie ont autant de valeur que l'horoscope. Les économistes se trompent presque tout le temps parce que des facteurs imprévisibles comme les guerres ou les récessions influencent la croissance. Mais si ces prédictions sont fausses la plupart du temps, pourquoi leur accorde-t-on tant d'importance dans les médias? Parce que, devant un auditoire naïf, le simple fait de prédire quelque chose donne du pouvoir à celui qui le prédit. Les économistes sont aussi des charlatans qui colportent l'idée que la croissance infinie dans un monde fini est une bonne chose. En biologie, la croissance infinie, on appelle ça un cancer.

Jim n'avait pas pour autant l'intention de retourner à l'âge de pierre. Il prenait acte du capitalisme. Mais il exigeait que ses tenants admettent qu'il s'agit d'un système basé sur une grande part d'émotivité, de croyances et de confiance. La malhonnêteté, c'est de nous faire croire que l'économie est rationnelle, alors que c'est tout le contraire. Le capitalisme est une religion, avec ses prêtres, ses mythes et ses rites. C'est pas plus bête de croire au Wendigo que de croire que la mise à pied d'employés d'une compagnie est une bonne chose parce que ça fait monter les actions.

Je m'apprêtais à répliquer, mais je me suis retenu. On pouvait bien entamer une passionnante discussion philosophique sur les théories économiques, mais ce n'était pas le moment. Créature surnaturelle ou non, une foreuse était apparue dans le bois et la situation était préoccupante.

— Je peux pas t'enfoncer notre mythologie dans le crâne, Julien. Mais j'ai l'impression qu'il va se passer des choses pas très agréables. La seule façon de passer à travers, ça va être de rester unis.

Il s'est levé et m'a tendu la main en me regardant dans les yeux. S'il n'était pas magicien lui-même, il était vraiment convaincant. Je ne savais plus quoi penser. Si je basculais du côté des Indiens, n'était-il pas normal que je partage aussi leurs croyances? Pour le moment, j'acceptais de croire que des gens croyaient au Wendigo. Mais je n'allais tout de même pas croire moi-même en l'existence d'un squelette cannibale. De toute façon, je n'avais rien à craindre, j'étais végétarien.

5

Le potentiel de génération d'effluents acides

Lorsque la limousine noire arrive sur le tarmac de l'aéroport international de Great Falls dans le comté de Cascade au Montana, John Smith regarde sa montre Tissot Sea-Touch. Quinze heures cinquante-cinq. Juste à temps pour le vol de seize heures. Ni trop tôt, ni trop tard, comme d'habitude. En fait, même s'il avait été en retard, l'avion ne serait pas parti sans lui ; il est le seul passager du Learjet 85 de Bombardier. Avec son fuselage effilé d'un noir étincelant, l'appareil ressemble à un cormoran figé dans son piqué.

Il descend du véhicule avec son paletot chamois au bras et son attaché-case en titane brossé ultra léger. Il foule le tapis déroulé jusqu'à l'escalier où l'attend le pilote. Pendant ce temps, le copilote se charge des deux bagages que lui tend le chauffeur : une valise à poignée escamotable et une mallette en aluminium.

À l'intérieur du jet, Smith s'installe dans son fauteuil habituel, au fond, à droite. Le commandant vient s'assurer que tout va bien et annonce le départ. Les deux moteurs Pratt & Whitney s'activent dans un silement aigu de perceuse. L'avion roule lentement vers la piste. Avant l'envol, le pilote immobilise l'appareil en bout de piste, attend la confirmation de la tour de contrôle et bascule lentement la double manette des gaz. La poussée est d'une puissance stupéfiante. Même s'il y est habitué, Smith savoure la sensation de son grand corps maigre qui se plaque contre le dossier du siège sous l'effet d'une force irréelle. Rapidement, les roues quittent le sol et l'avion décolle presque à la verticale.

La montée terminée, l'avion devient un luxueux salon qui se déplace à trente-cinq mille pieds au-dessus du sol. Smith révise ses dossiers. Le projet est complexe. Comme toujours. Et, comme toujours, il n'a rien laissé au hasard. Il repasse le document de présentation en 3D et se remémore les chiffres. Il essaie aussi d'anticiper les objections. Ça devrait aller. Ce sont toujours les mêmes.

C'est le copilote qui lui sert le repas. Un délicieux tartare de bœuf que Smith assaisonne lui-même avec de la coriandre, des oignons, des cornichons hachés et un jaune d'œuf. Le bourgogne est parfait, juste assez souple, avec des tanins de bois et de vieux cuir.

Dans un confort pressurisé, le temps file aussi vite que l'avion. Un peu plus de trois heures après son décollage du Montana, le Learjet se pose à l'aéroport de Val-d'Or. Sitôt l'appareil immobilisé, le copilote vient ouvrir la porte. Smith déplie son grand corps, enfile son paletot, empoigne sa mallette et quitte l'avion en saluant le pilote.

À sa descente de l'avion l'attend un gros 4 × 4 Chevrolet Tahoe complètement noir, avec des vitres teintées, dont le moteur est déjà en marche. La nuit est tombée depuis longtemps à Val-d'Or et la température est glaciale. Le copilote se dépêche de déposer les valises de Smith dans le véhicule et remonte dans l'avion, complètement saisi par le froid.

À l'intérieur du VUS, l'habitacle est chaud et confortable. Smith ajuste le siège et les rétroviseurs à sa taille. Mince comme une salamandre, ses jambes et ses bras sont interminables. Ses longs doigts s'enroulent sur la gaine de cuir du volant.

Il est dix-huit heures trente, heure locale, quand John Smith se met en route et que la neige se met à tomber, dense et drue. Il doit traverser Val-d'Or par la 7ᵉ Rue, jusqu'à la 111 Nord. Une pancarte indique Vassant 20 km Amos 70 km. La route est déserte et le 4 × 4 file dans la nuit abitibienne. Dans le halo des phares, des milliers de flocons foncent vers le pare-brise, comme autant de projectiles inoffensifs.

Une heure plus tard, Smith arrive à Amos et emprunte la 109 Nord en direction de Matagami. En deux heures de route, il ne croise aucune voiture. Seulement une lumière de skidoo dansant dans la forêt comme un feu follet.

Surgissant dans la nuit, presque entièrement recouverte de neige, une pancarte annonce Mort-Terrain avec une flèche vers la gauche. La route Principale est complètement enneigée. Heureusement, les quatre roues motrices assurent un bon contrôle. Infatigable, imperturbable, il poursuit sa route. Une heure plus tard, il traverse la rivière Harricana et le village abandonné de Joutel. Tout est blanc comme le drap d'un fantôme.

Il est finalement vingt-trois heures trente quand John Smith arrive à Mort-Terrain. Il repère facilement l'hôtel Le Manoir sur la rue Principale. Une dizaine de skidoos sont stationnés devant. À la réception, une affiche indique de se rendre au bar pour le service. Il marche vers le comptoir et interpelle la jolie serveuse quarantenaire dans un français impeccable. Elle lui fait signe qu'elle arrive.

La dizaine de clients le regardent avec curiosité et suspicion. Smith est bien conscient qu'il détonne. La plupart sont balourds et vêtus de vêtements de motoneige. Lui est tout en long dans son paletot clair et son costume anthracite taillé sur mesure. Il sourit à la ronde et salue l'assemblée. Un sourire étrange, car il n'a pas de lèvres. Comme une bouche de grenouille. La serveuse retourne avec lui à la réception pour régler sa chambre. Il sort de son paletot une plume dorée pour signer la fiche d'inscription. Un W et un M superposés sont gravés sur le capuchon.

Il est tombé trois pieds de neige en une seule nuit. Mais les Morterrons en ont vu d'autres. Équipés pour l'hiver, ils l'acceptent avec sérénité. Tout le contraire des Montréalais qui persistent à nier la neige et le froid. En attendant que la gratte ait tout déblayé, on utilisait la motoneige. Le lendemain de la tempête, Jim est venu me porter un skidoo, qu'il me prêtait jusqu'à nouvel ordre. Ça circulait beaucoup mieux qu'avec une hybride à pneus quatre saisons sur la fesse. Il m'a aussi prêté un gros parka de chasseur à motifs de camouflage et des bottes d'hiver.

Tout le monde savait qu'une foreuse était apparue sur la terre à Lacroix. Même lui ne savait pas d'où elle sortait. Mystère total. Chacun supputait et tout le monde se perdait en conjectures. L'idée d'une nouvelle mine réjouissait certains et inquiétait les autres. Au bar de l'hôtel, c'était le seul sujet de discussion.

La rumeur avait enflé après le passage de journalistes d'hebdos régionaux. La dernière fois que Ti-Nouche se rappelait avoir vu un journaliste à Mort-Terrain, c'était lors de la fermeture du village de Joutel, en 1998.

Pour plusieurs Morterrons, une nouvelle mine représentait une promesse de relance inespérée. Stéphane Bureau était très fier d'avoir été interrogé par une journaliste. En tant que chef syndical bien au fait des qualités de la main-d'œuvre du village, il était déjà en mode séduction avec l'éventuelle minière. L'hebdo *Le Citoyen Rouyn-Noranda* avait publié une photo de lui tout sourire, aux commandes d'une bûcheuse, avec une de ses citations en caractères gras : «À Mort-Terrain, le monde ont pas peur de la grosse ouvrage.» Mais d'autres, surtout les vieux, avaient encore en mémoire l'aigreur de la fermeture brutale de la vieille mine au lac Wawagosic. Quelques-uns avaient fait état de préoccupations d'ordre environnemental.

La mairesse semblait un peu dépassée par les événements. Elle avait laissé entendre qu'elle était effectivement en contact avec une compagnie concernant le développement d'un projet minier sur le territoire de Mort-Terrain. C'est tout ce que *L'Abitibi express* avait pu en tirer.

La Frontière avait opté pour un portrait de Mort-Terrain relatant sa situation économique difficile depuis la fermeture de la mine. Quant à lui, *L'Écho abitibien* avait indiqué que le conseil de bande de Mézézak exigeait d'être consulté avant d'approuver tout projet de développement ayant un impact sur son territoire.

— Les ostie de Kawishs !

Stéphane Bureau a claqué sur la table un exemplaire replié de *L'Écho abitibien*. J'étais attablé au bar avec lui, Ti-Dave, Ti-Nouche, Sylvain Sauvageau et d'autres gars de la scierie que je ne connaissais pas. Sylvain semblait au bord du précipice. Son visage s'était empâté et, manifestement, il ne s'était pas rasé depuis plusieurs jours. Bureau a poursuivi avec agressivité :

— Si y pensent qu'y vont nous empêcher d'avoir d'la job, ces ostie-là.

J'ai tenté de nuancer.

— Y ont pas dit qu'y étaient contre. Y ont juste dit qu'ils voulaient être consultés.

Sylvain Sauvageau est intervenu avec une colère sourde.

— T'es connais pas, toi. On peut pus rien faire dans le Nord. Y sont toujours contre toute, crisse. Mais y sont ben contents d'avoir des skidoos de l'année, par exemple. Ben des skidoos, c'est pas faite en bois, tabarnak!

La tablée s'est esclaffée en rires approbateurs.

Bureau a renchéri, sentencieux :

— De toute façon, on s'en crisse de ce qu'y pensent, la foreuse est pas sur la réserve.

J'ai essayé d'introduire un peu d'empathie dans la discussion.

— On peut pas leur en vouloir de se méfier. La dernière fois qu'on a ouvert une mine dans le coin, y se sont fait exproprier. Ça faisait six mille ans qu'ils étaient là.

Sauvageau a explosé.

— Coudonc, t'es de quel bord, toi ?

Instinctivement, j'ai reculé sur ma chaise. S'il n'y avait pas eu la table entre nous, je suis sûr qu'il m'aurait sauté dessus. Son agressivité a surpris tout le monde. Même Ti-Dave avait eu un mouvement pour le retenir. Je réalisais à quel point le projet polarisait tout le monde. C'était pour ou contre ; pas d'entre-deux possible. Et les enjeux étaient pas mal plus considérables que ceux d'un référendum à propos du droit d'élever des poules dans Rosemont. J'ai tenté de me donner une certaine hauteur.

— Moi, je suis du bord de tout le monde. Tous les Morterrons sont mes patients. Mine pas mine, y a rien qui va changer ça.

La réplique a convaincu l'assemblée. Sylvain s'est adouci.

— S'cuse-moi, doc. C'est juste que je travaille pas depuis un an. Pis là, mon chômage est presque fini. J'vas faire quoi, moi, si j'ai pas de job ? On va faire quoi avec Kevin ?

Il a levé vers moi des yeux désespérés. Ti-Nouche lui a tapé dans le dos avec compassion. Steph lui a commandé une autre bière. Sur l'entrefaite, Jim est entré dans le bar. En allant l'accueillir, je l'ai averti discrètement de la teneur de notre discussion. À mon retour à la table, un détail m'a frappé. À part Ti-Nouche, ils portaient tous des habits de motoneige Arctic Cat, Yamaha ou Skidoo. Des gros vêtements noirs avec des bariolures fluo. Chacun avait gardé sa salopette et posé son casque sous sa chaise. Jim et moi, on était vêtus comme la plupart des Indiens de Mézézak, avec des vêtements de chasseurs en camouflage forestier. Est-ce que, sans le vouloir, j'avais choisi mon camp?

Jim s'est assis à côté de moi. En guise de bienvenue, Sauvageau a maugréé:

— En tout cas, toi t'es mieux de dire à ta gang que la mine, c'est une bonne affaire. Y va y avoir des jobs pour tout le monde. Même pour les Indiens.

Jim a répondu diplomatiquement:

— Ça se peut. Mais pour l'instant c'est juste une foreuse.

J'ai réussi habilement à faire ricocher la conversation vers la mauvaise saison de chasse à l'orignal. Personne n'avait jamais vu ça. Ti-Nouche n'avait même pas tiré un coup cette année. Chaleur excessive, maladie, tout le monde avait son explication.

Nathalie est arrivée avec un plateau rempli de shooters.

Steph s'est informé:

— Ça vient d'où, ça?

Nathalie a désigné le bar.

— Du monsieur là-bas.

— Qui ça? Denis?

Nathalie s'est retournée vers le comptoir. Il n'y avait que le pharmacien qui regardait la télé d'un œil vitreux.

— Mais non. Y avait un grand maigre assis à côté. Y était là y a dix secondes. Y m'a dit qu'il vous payait des shooters. Drôle de bonhomme. Y est à l'hôtel depuis deux jours.

Steph distribuait déjà les verres.

— Ben tu y diras merci. Santé les gars!

Nous avons trinqué en guise de calumet de paix. La soirée s'est effilochée lentement. Il n'y a plus eu d'allusions à la mine. Après quelques verres, je suis rentré. Même si les routes étaient déblayées, je préférais le skidoo. La traversée du lac Wawagosic à la lueur de la lune était formidable. Filer droit comme une flèche sur une piste durcie me procurait une indescriptible sensation de puissance et de liberté. On était loin du Bixi dans le parc La Fontaine.

*

Avec la neige et le froid, il y a eu plusieurs consultations pour la grippe et le rhume. J'étais ébahi par la résistance au froid des Indiens. Les enfants comme les plus vieux se promenaient souvent sans tuque et sans mitaines. Selon le docteur Comeau, la tolérance des Indiens au froid tenait à leur sang moins visqueux et à leur peau plus épaisse. Traditionnellement, en hiver, une alimentation riche en graisse d'ours comblait les pertes calorifiques. Ce goût du gras a persisté, ce qui explique l'engouement des Premières Nations pour la friture.

J'ai pu vérifier cette passion lors du trentième anniversaire de Jerry Papati. Il avait convié famille et amis chez lui. J'étais le seul Visage pâle invité.

Nous étions une trentaine de joyeux Hurons, répartis sur cinq générations et rassemblés dans le salon pour dévorer les plus grands délices du colonel Sanders : poulet (ou goéland, allez savoir) pané, fritounes et salade de chou d'un vert phosphorescent. Kenneth, le jeune frère de Jerry, avait fait l'aller-retour à La Sarre et rapporté pour trois cent soixante-quinze dollars de Poulet Frit Kentucky. Je ne l'aurais pas cru si je n'avais pas vu la facture brochée sur un sac maculé de graisse. Kenneth était un jeune de dix-huit ans absolument énorme, toujours souriant, à l'esprit vif comme un renard.

Le salon était bondé et animé. Les enfants étaient assis par terre en Indien et bivouaquaient autour de barils de poulet. On avait eu la délicatesse de m'accommoder raisonnablement avec une délicieuse banique accompagnée de bines en canne. Tout le monde parlait algonquin, buvait de la Bud et se léchait les doigts avec bonne humeur. Guylaine Papati a fait s'écrouler de rire l'assemblée lorsqu'elle a tenté en vain de déplacer son fauteuil roulant : ses mains graisseuses n'avaient aucune prise sur les roues. Elle riait aux éclats en agitant les moignons de ses jambes.

Après le festin, Kenneth a projeté un court-métrage de son cru sur son ordinateur. Il avait conçu un petit film hommage qui retraçait le parcours de Jerry. Incorporant animation, images d'archives et narration, l'œuvre était touchante et originale. Jim tentait de me traduire à mesure les répliques qui déclenchaient les rires. Le succès du film a confirmé le réel talent de cinéaste de Kenneth. Il avait fait sa première vidéo à quatorze ans, lors du passage de la Wapikoni mobile, un studio ambulant permettant aux jeunes Autochtones d'expérimenter la création musicale et cinématographique. Ses courts-métrages humoristiques avaient vite été remarqués et l'avaient fait voyager dans plusieurs pays. Pour l'heure, il attendait sa demande d'admission dans le programme d'art et technologie des médias au cégep de Jonquière.

J'ai bavardé avec plein de gens. Je me sentais maintenant bien intégré à Mézézak. Les Algonquins me reconnaissaient comme leur médecin et semblaient apprécier ma compagnie. Pour ma part, je me sentais bien avec eux. J'aimais particulièrement leur humour et leurs taquineries jamais méchantes. Moi qui les avais crus taciturnes et réservés, ils m'offraient maintenant le spectacle d'une bande joyeuse et extravertie.

En discutant avec Nicole McDonald, je me suis informé de l'état de sa mère. Son pied se remettait très bien de l'opération et elle pouvait à présent se déplacer avec une canne. Nicole m'a aussi appris un détail très intéressant : en plus des quatre que l'on connaît, l'année des Algonquins compte deux autres saisons, des périodes de redoux automnal et printanier au cours desquelles les nomades déplaçaient leur campement. Elle existe donc, la cinquième saison qu'ont tant cherchée Harmonium et toute une génération de hippies.

En cours de soirée, Jim et le chef Claude Papati m'ont pris à part pour me tenir au courant du dossier de la foreuse. Claude avait joint la mairesse de Mort-Terrain. Effectivement, Wendigo Mining était en prospection sur le territoire du village. La mairesse avait rencontré le représentant de la compagnie, qui lui avait parlé d'un gros projet de mine à ciel ouvert en plein milieu du village. Le Bureau d'audiences publiques sur l'environnement avait prévu une rencontre d'information pour les citoyens. Jim paraissait préoccupé.

— Claude, faut absolument que le conseil de bande assiste à la rencontre. Cette fois-ci, on se laissera pas faire.

— J'ai appelé le conseil de la Nation abitibiwinni. J'ai rendez-vous avec le chef Ghyslain Cananasso à Pikogan demain. J'ai aussi contacté le collectif Bonnemine. Ils vont organiser une réunion à Mort-Terrain la semaine prochaine.

Claude s'est tourné vers moi.

— Toi Julien, qu'est-ce que tu penses de ça ?

— Moi, je suis le médecin de tout le monde. Je veux rester neutre.

Jim a répliqué :

— Justement, t'es médecin. Tu t'occupes de la santé des gens. C'est quoi les implications d'une mine sur notre santé ? Va falloir que tu te positionnes, t'auras pas le choix.

Je grimaçais d'hésitation. Je tentais de me défiler.

— Ça fait pas assez longtemps que j'habite ici pour dire au monde quoi penser. Ça me tente pas de jouer au Ti-Jo Plateau qui vient dire au monde quoi faire.

Claude a poursuivi :

— Personne n'est immobile sur une planète qui tourne. La neutralité, ça n'existe pas. Être neutre, c'est être du bord du plus fort. Faut que tu choisisses selon ta conscience.

Il avait évidemment raison.

— Ma conscience me dit que la santé, c'est ce qu'il y a de plus important.

Jim m'a tapé dans le dos.

— Là tu parles.

Il m'a tendu une Bud avant de se remettre à parler en algonquin avec Claude. J'avais l'impression que j'étais le sujet de la conversation. J'ai distingué les mots *Val-d'Or* et *Wendigo*.

La fête battait son plein. Jerry était de bonne humeur. Il parlait à tout le monde et riait très fort. Il arborait un pastiche du chandail de l'équipe de baseball des Indiens de Cleveland. Sous le mot *Caucasians*, on voyait un petit blanc blondinet souriant de toutes ses dents. Derrière sa tête, un $ avait remplacé la plume. J'avais toujours considéré les noms d'équipes sportives faisant référence aux Autochtones comme un hommage, mais vu sous cet angle, ça prenait une autre tournure.

Claude était inquiet de n'avoir pas vu un seul orignal dans le bois cet automne. Ça lui aurait fait un sujet de conversation commun avec les chasseurs blancs de Mort-Terrain. Moi, j'étais devenu végétarien en première année de médecine. Pas par conviction, mais parce que les fèves germées coûtaient moins cher que le steak. Je m'étais peut-être radicalisé avec le temps, mais je considérais la chasse comme barbare et inutile. Chasseur émérite, Claude était évidemment d'un autre avis.

— Nous autres, on pense que les humains font partie de la nature comme tous les autres animaux. Dans la nature, chacun joue son rôle. L'ours n'est pas méchant parce qu'il tue un saumon. Il le mange pour rester en vie. Quand je tue un ours, je mange sa viande et je garde sa peau pour me tenir au chaud. Moi, quand je meurs, mon corps nourrit la terre pour faire pousser les arbres. C'est le grand cycle de la vie.

— Les humains ne sont pas obligés d'être carnivores. On a le choix.

— Mais non, on n'a pas le choix. Comme si un ours avait le choix de chasser.

— Je veux bien croire que ça fait partie de votre culture, mais ça n'a plus rapport, asteure qu'il y a des épiceries. La culture, ça peut évoluer. Ça doit évoluer.

— La chasse et la pêche, c'est pas dans notre culture, c'est dans notre nature. Cet automne, j'étais en train de faire la vaisselle. Tout d'un coup, j'ai senti les outardes qui s'en venaient. C'était comme une présence en moi. J'ai laissé faire la vaisselle, j'ai pris mon fusil et j'ai dit à ma femme que je partais chasser. Chaque année, c'est comme ça. Cet appel-là, il est aussi fort que l'appel du sud pour les outardes à l'automne.

Qu'est-ce que je pouvais répondre à ça? On était dans le domaine de la croyance. À défaut d'arguments, il me restait des opinions.

— C'est lâche, la chasse. T'es caché, pis t'as un fusil. L'animal sait même pas qu'il est chassé. Si au moins c'était un corps à corps.

— Y a rien de lâche ou d'injuste dans la nature. L'ours a des griffes, pas le saumon. Dans la nature, y a pas de morale. On ne peut pas dire que l'ours est cruel et que le saumon est gentil. Chaque création est à sa place. L'homme a pas de griffes, pas de crocs, pas de fourrure. Le corps de l'homme est faible. Il doit compenser avec son intelligence pour fabriquer des outils comme l'arc ou le fusil.

À l'affût depuis un moment, Jerry a déboulé dans la conversation avec une certaine agressivité. Manifestement, il n'appréciait pas mes objections.

— C'est pas facile de chasser, même avec un fusil. Il faut être patient et rusé. La bête a sa chance. C'est facile pour toi d'être végétarien en ville. Mais icitte, y en a pas de légumes. Même en été. Dans le bois, t'as pas le choix de manger de la viande.

Touché. Il avait raison. Paradoxalement, les légumes frais étaient plus abondants en ville qu'en pleine nature. Il a poursuivi :

— Toi, tu fais la morale, mais tu sais même pas d'où y viennent tes légumes. De la viande d'orignal, c'est pas mal plus bio que des carottes pleines de pesticides.

Coulé. Claude a suggéré :

— Tu devrais venir avec nous autres à la chasse.

— Pourquoi pas ? Mais j'aimerais mieux *shooter* les animaux avec une caméra.

Jerry s'était planté devant moi et me surplombait complètement. Il me toisait de ses yeux noirs insondables. Je le regardais, immobile, la tête complètement renversée en arrière. Il devait mesurer sept pieds. Je ne savais pas du tout ce qui allait arriver. Il a poursuivi très lentement.

— Ben oui, tu viendras à la chasse avec moi...
M'as t'amener dans le bois... ben loin... pis j'vas te
tirer !

Autour de nous, les gens avaient sursauté en
l'entendant lever la voix. Il me fixait avec l'expression
sadique de Jack Nicholson dans *Shining*. Claude l'a
amené à l'écart en le tenant par le bras. Je ne savais
pas s'il était sérieux. Jim avait tout vu.

— Fais-toi-z'en pas avec lui. Y est pas méchant,
mais y commence à être chaud.

Selon la littérature, le gène ADH1C est responsable
de la métabolisation plus lente de l'alcool dans le
sang des Amérindiens. Cette hypothèse médicale est
contredite par des théories anthropologiques qui
relient la consommation d'alcool chez les Premières
Nations à la socialisation et à l'identité clanique. Quoi
qu'il en soit, d'un point de vue empirique, la fête
commençait à devenir glauque.

Dans les divans, c'était un cafouillis de rires et
d'incohérences. Des bouteilles traînaient partout.
Tout le monde fumait. L'air était irrespirable. Assise
à la table, une minuscule grand-mère frisée assistait,
impassible, à la scène. À côté d'elle, deux ados d'au plus
quinze ans buvaient et fumaient en jacassant. Dans un
coin, des enfants qui auraient dû être couchés depuis
longtemps jouaient avec des jeux vidéo portatifs. J'ai
remarqué un intense va-et-vient aux toilettes.

Comme un anthropologue, j'essayais de ne pas
juger. Je n'étais pas habitué à la déchéance multi-
générationnelle. Mais au fond était-ce vraiment plus
triste que n'importe quel party de Blancs ? Tant qu'à
sombrer, ne valait-il pas mieux sombrer ensemble,
plutôt que seul comme le pharmacien au bar de
l'hôtel ?

Visiblement soûle, Nicole m'a abordé en me
chuchotant une phrase en algonquin. Elle avait la voix

douce et l'haleine chaude. Je ne comprenais rien, mais j'étais submergé par la beauté de ses mots. Des mots très anciens, mais nouveaux pour moi, qui coulaient comme un ruisseau dans mes oreilles. Instantanément, mes yeux se sont remplis d'eau. Elle a poursuivi son chemin en marmonnant pour elle-même. En essuyant les larmes du revers de ma manche, je l'ai rattrapée dans un coin de la pièce.

— Qu'est-ce que tu m'as dit?

Elle m'a regardé tristement avec ses petits yeux noirs.

— Sais-tu qui tu es? Moi, je sais qui je suis.

C'était une très bonne question. Arraché à l'asphalte de Montréal, je tentais de transplanter mes racines dans le sol stérile de Mort-Terrain. Petit Visage pâle entouré d'Indiens, je ne savais plus du tout où j'en étais. Jim est venu me voir.

— On peut y aller, si tu veux. Ça commence à devenir *trash*.

— Non, c'est parfait.

Influencé par le contexte, je buvais trop et trop vite. J'avais soif. Une soif d'autodestruction sans lendemain. Willie Lamothe étalait ses insupportables bêlements western dans un mauvais système de son, dont un des deux haut-parleurs était intermittent.

— Veux-tu ben me dire c'est quoi le rapport entre le western et les Indiens?

— Je sais pas. On aime ça. Comme beaucoup de Québécois d'ailleurs. Ça parle d'amour, c'est simple, c'est triste. Ça nous rejoint.

— Des Indiens qui écoutent de la musique de cowboy. C'est totalement colonisé.

— Le monde est complexe, Julien.

Comme pour lui donner raison, Jerry est surgi des toilettes en gueulant comme un guerrier. Il avait enlevé son chandail, et ses amis lui donnaient des claques sur le ventre en riant. Fonçant vers moi avec un sourire inquiétant, il m'a traîné dans un corridor où dormaient des enfants. Sa force était prodigieuse.

— Viens-t'en icitte, mon ami.

Il m'a emmené dans les toilettes avant de refermer la porte sèchement. Il pouvait me casser la gueule à coups de tomahawk, je m'en câlissais. J'étais comme engourdi. Il m'a désigné le couvercle du réservoir de la toilette. Sous la lumière grésillante du néon, une ligne de poudre blanche zigzaguait sur la porcelaine, minuscule chaîne de montagnes enneigée dans un désert arctique.

— De la bonne poudre blanche pour petit nez de Blanc.

Il m'a tendu un billet de vingt dollars roulé. Sans réfléchir, j'ai plongé la tête en avant, comme si je plongeais dans un lac aux eaux inconnues et glacées. J'ai tout reniflé, avec l'aplomb d'un vétéran. Avec leur revêtement en polymère antiadhésif, les nouveaux billets étaient parfaits pour sniffer sans perte. Je me demande si la Monnaie royale canadienne a tenu compte de cette utilisation lors de la conception des nouvelles coupures.

Jerry exultait. Il criait et me tapait dans le dos avec sa main énorme. Il me faisait mal et je me demandais si c'était voulu. Je le regardais avec une certaine fierté. Le petit Blanc-bec était capable lui aussi. Nous sommes sortis des toilettes bras dessus, bras dessous et quelqu'un m'a tendu une bière. J'ai accepté une cigarette qu'on m'offrait. Je n'avais pas fumé depuis la virée à La Sarre. Ça faisait mal aux poumons et ça faisait du bien.

La suite est moins claire. Je me souviens d'une joute de bedaine chaude avec Jerry. Je crois que c'est moi qui l'avais défié. Un duel de braves. Tout le monde avait fait cercle autour de nous et acclamait le favori en scandant son nom le poing levé, comme dans l'émission de Jerry Springer.

— Jerry! Jerry! Jerry!

La puissance de mes claques a plafonné rapidement, alors qu'il renchérissait toujours plus fort. J'essayais de rester stoïque, mais ça devenait pénible. À chacun de ses coups, j'avais le souffle coupé. Jerry me torturait habilement, en laissant suspendue son énorme patte d'ours. Puis il frappait sans avertissement, comme un pêcheur au harpon. La coke avait beau engourdir mes neurones, le crescendo de ses claques a fini par avoir raison de mon endurance. J'ai concédé la victoire sous les vivats de la foule.

— Jerry! Jerry! Jerry!

J'ai regardé mon ventre rougi par l'impact des claques avant de lancer à la cantonade.

— Me v'là rendu un Peau-Rouge!

Tout le monde a ri en buvant à ma santé, comme s'ils m'intronisaient réellement parmi eux. Jerry m'a soulevé avec la prise de l'ours. Jim m'a tiré à l'écart pour me faire boire de l'eau. Il avait l'air inquiet de me voir aussi défoncé.

*

Le réveil a été pénible. J'étais couché tout habillé sur le divan de Jim. Mal de tête, nez bouché, mal aux poumons, mal au ventre. C'était quoi l'idée de me faire donner des claques par Jerry? Des souvenirs honteux et poudrés traînaient dans ma tête comme des algues à marée basse. J'étais enseveli de remords. Un médecin sur la coke, wow! Mais qu'est-ce qui m'arrivait? Avais-je laissé mon légendaire jugement à Montréal? J'entendais Jim manœuvrer dans la cuisine. Il m'a apporté un café dans un verre Duralex.

— Tiens, ça va te replacer.

J'ai gémi comme une loque.

— *Man*, qu'est-ce que j'ai fait ? Je me souviens pus de rien.

— T'as rien fait que Jerry a pas faite.

— Oui, mais moi, ch'us médecin. La brosse, ça peut passer, mais pas la coke. Si le docteur Comeau apprend ça, c'est fini. Fini Mort-Terrain. Finie la médecine.

— Fais-toi-z'en pas. Personne a pris de photos. Personne va rien dire.

— T'es sûr ?

— Ben oui. On s'en fout, de la coke. C'est malheureusement banal à Mézézak. Les gens dans la communauté, y t'aiment beaucoup. Y bavasseront pas.

— Après ça, ça va être difficile de leur faire la morale à propos de leur santé.

— Ça, c'est ton problème, docteur. Bon, finis ça, pis va prendre une douche. Claude s'en vient.

Il a vu que je ne comprenais pas.

— On s'en va à Val-d'Or. On va laisser Claude à Pikogan, pis on va t'acheter des vêtements d'hiver. Tu te rappelles qu'on a parlé de ça hier ? Hé que c'est pas faites forts ces petits Blancs là.

Je me suis levé péniblement en grognant. Il riait de ma misère. Claude était arrivé pendant que j'étais dans la douche. Même propre, j'étais encore *scrap*. On est partis dans le pick-up de Jim. C'était la première fois que j'allais à l'est de Mort-Terrain.

En Abitibi, les distances sont intergalactiques, mais les routes désertes ont quelque chose d'apaisant. C'était une magnifique journée polaire, glaciale et ensoleillée. Pas un nuage dans le ciel. Le soleil ne m'avait jamais paru si lointain, petite étoile incapable de réchauffer tant de froid. Il était neuf heures. On avait trois heures et demie de route avant d'arriver à Val-d'Or.

Les épinettes noires défilaient au garde-à-vous, soldats-squelettes serrant les rangs sous les assauts du général Hiver. On est passés devant Joutel, un village minier fantôme, dont les ruines gisaient sous la neige comme Pompéi sous la lave. Au sortir du hameau, on a traversé la rivière Harricana, ruban glacé serpentant sur cinq cents kilomètres entre Val-d'Or et la baie James.

Je sommeillais à l'arrière, Claude et Jim placotaient en algonquin. Je me suis réveillé à Pikogan, juste avant Amos. On a déposé Claude au conseil de la Nation abitibiwinni pour son rendez-vous avec le chef des Algonquins. On devait repasser le prendre en fin d'après-midi.

On a fait un détour par Barraute, pour m'acheter des bottes chez Fourrures Grenier. Pour leur chaleur et leur imperméabilité, Jim me recommandait le modèle en fourrure de castor. L'étiquette indiquait que la garantie thermique était valide jusqu'à moins soixante degrés Celsius. J'étais parfaitement conscient du ridicule de ces immenses pattes de poil. Mais j'avais eu tellement froid ces derniers temps que j'étais disposé à remiser mon amour-propre jusqu'au printemps. C'était quand même cinq cents dollars pour une paire de bottes. Plus les mitaines de loup marin à cent quatre-vingts dollars. J'ai regimbé, mais le petit vendeur m'a félicité d'encourager l'économie locale. Il n'était pas fourreur pour rien.

On est arrivés à Val-d'Or quarante-cinq minutes plus tard. Pour le nouveau Morterron que j'étais, la ville était aussi animée que Hong Kong. Les édifices, les autos et les gens exhalaient des volutes de boucane blanche dans l'air glacé ; la ville fumait pour se réchauffer. Des traînées de sel séché grisonnaient l'asphalte des rues et le béton des trottoirs. Il faisait tellement froid qu'on aurait dit que la ville allait craquer comme du verre. Depuis presque quatre mois que j'étais à Mort-Terrain, ça me faisait bizarre de réintégrer la civilisation. J'étais excité par l'agitation humaine. Emmitouflés dans leurs gros manteaux, les gens marchaient rapidement en baissant la tête. Mort de faim, j'ai proposé à Jim d'aller manger des sushis.

J'ai dragué grossièrement la jolie serveuse, mais elle était totalement imperméable à mes avances. J'avais vraiment perdu la touche avec les filles. Qu'importe. Je savourais chaque bouchée du repas. La soupe miso était chaude et délicieuse. J'en ai pris trois bols. Sous l'œil amusé de Jim, j'ai englouti une vingtaine de makis aux avocats et deux rouleaux de printemps végé. C'était bon et frais. Ça me changeait de la bouette en canne et des pâtes.

Jim m'a ensuite emmené au surplus d'armée. Il m'a proposé un habit de l'armée finlandaise, tout blanc avec un motif de camouflage forestier complexe. Le prix me faisait grincer des dents, mais Jim m'assurait que c'était ce qui se faisait de plus chaud, sans être trop encombrant. Je lui faisais confiance. On m'a pris aussi une cagoule et des sous-vêtements polaires. Avec les bottes et les mitaines, ça dépassait les mille dollars. Je n'avais jamais dépensé autant pour des vêtements. Mais j'étais encore plus frileux qu'avare.

Avant de repartir, on est passés saluer la directrice du Centre d'amitié autochtone. Julie Kistabish était une petite Métis dynamique au regard espiègle. Elle m'a accueilli chaleureusement, comme si elle me connaissait déjà. Le Centre était un établissement communautaire entièrement voué à la santé et au bien-être des Algonquins de l'Abitibi et des Cris de la baie James. Selon Jim, les relations entre ces derniers et les autres nations n'étaient pas très bonnes.

Grâce aux redevances des barrages, les Cris touchaient annuellement des millions de dollars qu'ils réinvestissaient habilement. Redoutables entrepreneurs possédant des pourvoiries, des compagnies d'aviation, de transport, de construction et de tourisme, ils étaient des acteurs incontournables pour tout projet de développement dans le Nord. De l'aveu même de Julie, cette prospérité suscitait la jalousie chez les autres nations. D'autant qu'à l'origine, la Convention de la baie James prévoyait le partage des redevances hydroélectriques entre les onze nations autochtones du Québec. Mais durant une nuit de négociations, les émissaires du gouvernement ont pris les Cris à part, en insistant sur le fait que les barrages étaient sur leur territoire, et les ont fait signer seuls l'entente. C'est au cours de cette nuit des longs tomahawks que s'est rompu le front commun autochtone.

Jim a ajouté :

— En plus ils parlent anglais.

Julie a répliqué :

— Anglais ou non, ils parlent d'abord cri. Ils sont quand même un modèle de développement pour les autres nations.

— De développement peut-être, mais pas de solidarité.

Julie nous a fait faire le tour du propriétaire. Le Centre comptait notamment une cafétéria et un service de garde. Avec un programme éducatif centré sur la nature, la garderie était si populaire qu'un nombre grandissant de Blancs voulaient y inscrire leurs enfants.

En dernier lieu, on est entrés dans un local où se tenait Oscar Mapachee, un vieux sage tout en sérénité. Il avait un gros nez d'Apache et ses longs cheveux blancs étaient ceints d'un bandeau brodé. Alors que j'avais peur de le déranger, il semblait m'attendre. À côté de lui se trouvait une petite table avec des objets traditionnels. Julie a dit :

— Julien, la cérémonie que tu vas vivre est un grand privilège. C'est une sorte d'intronisation, qui consacre ton statut de guérisseur et d'ami des Premières Nations.

J'ai interrogé Jim du regard. Il arborait son sourire de lynx. Évidemment, il avait tout manigancé. Le magasinage à Val-d'Or était un prétexte. Oscar m'a tendu un bandeau.

Pendant ce temps, Jim se coiffait aussi d'un bandeau et Julie s'entourait les hanches d'une espèce de jupe. Avec un briquet, Oscar a allumé des herbes dans un petit cendrier de terre cuite. Ses gestes étaient calmes et précis, comme ceux d'un maître zen japonais. Il a laissé s'enflammer les herbes, avant de prendre le cendrier et d'agiter la fumée avec une plume noire et blanche autour de moi.

— La fumée de sauge purifie. Elle apporte la paix. La plume d'aigle donne la force et la vision.

Ça sentait bon. Oscar a parfumé Jim et Julie. Ensuite, il m'a tendu une mailloche et un tambour formé d'une peau tendue sur un cerceau de bois. Deux plumes cuivrées étaient attachées au tambour.

— C'est un *tewagin*. Un tambour sacré chargé de la force de tes ancêtres. Mais pour l'instant, il est vide. Tu dois l'accueillir comme un petit enfant. Pendant trois jours, tu devras toujours l'avoir avec toi et demander à l'esprit de tes ancêtres de venir dedans.

Avec son tambour, il a commencé à battre un tempo simple et régulier, sans accent tonique. Il m'a fait signe de l'accompagner. J'avais un bon sens du rythme et nos deux pulsations étaient parfaitement synchronisées.

— Ces battements représentent l'harmonie de ton cœur avec la terre-mère. Ferme tes yeux et appelle ta famille dans ton *tewagin*.

Nos tambours résonnaient en un rythme obsédant et apaisant. Je me suis laissé prendre au jeu. J'ai repensé aux parties de crib avec ma grand-mère Mimi et à sa délicieuse cuisine dans le temps des fêtes ; aux contes de Ti-Jean de ma grand-mère Cécile ; à la pêche avec mon grand-père Paul sur le lac Burn à Baie-Comeau ;

au courage de mon grand-père Jean-Roch qui, à dix-sept ans, a menti sur son âge pour aller dénazifier l'Europe. J'imaginais aussi ce que pouvait être la vie au début du XIXᵉ siècle dans l'auberge de mon arrière-grand-père Pitt. À tous ceux-là et à tous les autres que je n'avais jamais connus, je demandais d'entrer dans mon tambour.

Enraciné dans le sol et déployé dans le ciel, je sentais toute la force de mon arbre familial. Oscar s'est arrêté de jouer. Moi aussi. J'ai ouvert les yeux, émergeant d'une transe. Je revenais de très loin et j'avais perdu le fil du temps.

— Quand tu auras besoin de force et de paix, connecte-toi à tes ancêtres avec ton *tewagin*. Oublie pas, il doit te suivre pendant trois jours, comme un petit enfant.

Il m'a tendu un grand filet rond, de deux pieds de diamètre.

— C'est un capteur de rêves. Un filet pour attraper tes cauchemars. Suspends-le au-dessus de ton lit. Au matin, les mauvais rêves capturés sont brûlés par la lumière du soleil.

J'ai quitté Val-d'Or métamorphosé. J'étais vêtu d'un manteau de soldat finlandais et dans mes mitaines de fourrure, je tenais un tambour indien aussi précieusement qu'un nouveau-né.

En matière de religion, Mikhaïl Bakounine avait parfaitement résumé ma pensée : «Si Dieu existait, il faudrait s'en débarrasser.» Mais, pour la première fois de ma vie, je voulais me raccrocher à autre chose que la science. Le truc du tambour, j'avais le goût d'y croire. Il ne s'agissait pas de fables monothéistes pour handicapés spirituels. L'idée d'une mystique généalogique me branchait vraiment. D'autant que d'un point de vue moléculaire, j'étais effectivement composé des gènes de mes ancêtres. D'une certaine façon, ils étaient déjà en moi. Je n'avais qu'à les convoquer au besoin.

Jim m'a confié :

— J'espère que t'es conscient de ta chance. Le *tewagin*, c'est vraiment un grand honneur. Moi, j'en ai même pas.

J'ai serré le tambour contre moi.

— Merci.

— Oscar, c'est un grand sage. Un guérisseur, comme toi. Quand je lui ai parlé de l'idée de la cérémonie, il a tout de suite dit oui. Je lui ai dit à quel point tu nous aidais à Mézézak.

— Ma job, c'est de soigner le monde. Je fais juste ma job.

— Comeau, il faisait ça, juste sa job. Toi, tu fais plus que ça. On le sait que t'es pas obligé de soigner nos dents. Pis la communauté a beaucoup apprécié quand t'as averti la mère de Jeffrey que son fils était mort à La Sarre. À Mézézak, c'est la première fois qu'un Blanc s'intéresse vraiment à nous.

Parvenus à Amos en fin de journée, on a fait le plein au casse-croûte du Viaduc, qui se targuait de servir la meilleure poutine d'Abitibi. Promesse tenue. C'était chaud, gras, salé, ça ressemblait à une frite avec la grippe, mais c'était savoureux. On a embarqué Claude à Pikogan. De là, il nous restait deux heures trente jusqu'à Mort-Terrain.

La rencontre avec le grand chef de la Première Nation abitibiwinni avait été très fructueuse. Claude s'était fait confirmer que, contrairement aux Cris, les Algonquins n'avaient jamais renoncé à leurs titres sur leurs territoires ancestraux, qui comprennent presque toute l'Abitibi et l'Outaouais. Dans plusieurs causes au Canada, la Cour suprême avait reconnu la validité des titres autochtones. Jim jubilait.

— Ça veut dire que, même si la mine n'est pas sur la réserve, on peut faire valoir qu'elle est sur notre territoire. Donc on peut la bloquer si on n'est pas d'accord.

Claude a nuancé.

— En tout cas, ils auront pas le choix de nous consulter. Ghyslain m'a dit que le conseil allait nous aider. Toi, Julien, il va falloir que tu nous aides pour les enjeux de santé publique.

— Pas de problème. Mais moi, je viens de la ville. Je connais pas du tout l'impact des mines sur la santé publique.

— Le conseil va te fournir de l'information.

Jim a lancé :

— C'te fois-ci, on les laissera pas faire, les câlisse.

J'étais maintenant totalement embrigadé. Je ne pouvais plus prétendre à la neutralité. Mais il fallait quand même jouer serré. Je redoutais la réaction de Bureau et des autres s'ils s'apercevaient que j'étais non seulement contre la mine, mais en plus, du bord des Indiens.

Arrivé chez moi, ma maison était glaciale et vide comme un tombeau viking. Je n'avais jamais vraiment réussi à lui insuffler ma présence. Il est vrai que je n'y avais aucun meuble à moi. Le capteur de rêves était le premier élément de décoration que j'installais. Je l'ai suspendu au pied de mon lit, juste en face de la fenêtre qui donnait sur la route. J'avais monté le chauffage et les plumes se balançaient doucement dans le flux d'air chaud. C'était vraiment un bel objet. Pas un souvenir kétaine du Vieux-Montréal fabriqué avec du fil à pêche. Une authentique pièce d'artisanat en babiche, avec une indéniable charge spirituelle.

J'ai déposé précautionneusement mon *tewagin* sur l'autre oreiller de mon lit double et je me suis couché tout habillé parce que j'avais trop froid.

*

Un cauchemar d'une épouvantable réalité m'a réveillé en panique.

Dans la forêt enneigée, un grand maigre en paletot beige file en skidoo Bombardier Adrenaline sur une piste sinueuse. Un engin puissant et maniable, tout noir, avec des patins jaunes. Il a posé un genou sur le banc et manœuvre l'engin avec dextérité, inclinant son long corps dans les tournants. Ses cheveux noirs sont lissés soigneusement sur sa tête, dévoilant un visage osseux avec un long nez fin et une étrange bouche sans lèvres. Ses hautes pommettes saillent sous ses joues tendues comme la peau d'un tambour.

Soudain, sa tête pivote sèchement à sa gauche. Il s'arrête brusquement, bondit de la motoneige et court en plein bois dans la neige folle. Chaussés de souliers de cuir noir à bouts ronds, ses petits pieds bondissent sur la neige alors qu'il devrait s'y enfoncer jusqu'aux genoux. Il fonce comme un orignal en cassant les branches, qui craquent comme des pétards en se brisant. Sa force est inhumaine. Soudain, il plonge au sol, ses longs doigts déployés devant lui comme deux éventails. Il fait quelques enjambées à quatre pattes avec l'agilité d'un couguar, avant que ses mains ne se referment sur un lièvre immaculé, totalement invisible dans la neige. La pauvre bête paniquée agite désespérément les pattes. L'homme arrache la tête du lièvre aussi facilement qu'il ferait sauter un bouchon de champagne. Une gerbe rouge macule la neige. Du sang pulse du cou de l'animal. Le grand maigre y plaque sa bouche en renversant la tête en arrière, comme s'il avalait les dernières gouttes d'une bouteille. Il éventre ensuite l'animal en écartant les côtes avec ses doigts. Les petits os craquent comme des brindilles dans le silence glacé de la forêt. Il se repaît avidement des entrailles avec d'horribles bruits de succion. Il jette le petit cadavre au loin, puis il pousse un long hurlement en tendant ses longs bras décharnés au ciel. Barbouillée d'un rouge rubis, sa bouche est celle d'un clown dément.

C'est à ce moment que je me suis réveillé en criant. La chambre était froide comme un frigo. Je sentais une présence malsaine impalpable tourbillonner dans la pièce. Je me suis redressé dans mon lit, affolé, et j'ai réussi à ouvrir la lumière. Le capteur de rêves virevoltait en tous sens, comme en pleine tempête. Une atroce sensation d'angoisse me crispait le cœur et irradiait dans tout mon corps.

Sans réfléchir, j'ai empoigné mon tambour pour battre un rythme. Je frappais fort et je me concentrais sur la régularité du tempo. Je pensais à mon grand-père Jean-Roch, le plus jeune lieutenant de l'armée canadienne pendant la Seconde Guerre mondiale, échappant de justesse à une embuscade nazie dans la campagne hollandaise. J'ai revu aussi la tablée de Noël chez mes grands-parents à Baie-Comeau (qu'on appelait Hauterive à l'époque). La nappe était rouge et les serviettes de table blanches étaient enroulées dans des anneaux de bois verni, sur lesquels était pyrogravé le nom de chacun des membres de la famille.

La mailloche claquait sur la peau de chevreuil et mon tambour canonnait avec constance. J'ai senti la présence maléfique faiblir et s'évanouir. Le capteur de rêves s'était calmé, comme si la bête capturée avait cessé de lutter. Je respirais profondément, épuisé par mon combat. La paix était retombée dans la chambre. J'ai replacé avec précaution le *tewagin* sur l'oreiller avant d'éteindre. Je savais que j'étais en sécurité pour cette nuit.

*

Un soleil radieux m'a éveillé vers dix heures. J'étais parfaitement reposé et serein. Il me restait à peine quelques filandres d'un vague cauchemar accrochées dans ma tête. Quelque chose comme un grand maigre en paletot qui faisait du skidoo dans le bois. À la lueur du jour, ça me paraissait plus ridicule qu'épeurant. J'ai pris mon *tewagin* avant de gagner la cuisine pour me faire un café.

La pièce était inondée d'une pure lumière d'hiver. Les larges fenêtres triangulaires donnaient sur le lac. De l'autre côté, j'ai remarqué des gens qui glissaient sur l'amas de mort-terrain enneigé. Emmitouflés dans leurs habits de neige, on aurait dit des bonbons sur un gâteau blanc.

Après un solide sandwich aux œufs brouillés, je suis sorti les rejoindre en skidoo. Même s'il ne faisait pas si froid, l'occasion était parfaite pour étrenner mes nouveaux habits. J'avais sanglé mon *tewagin* à l'arrière, comme un passager.

Au pied de la pente, j'ai retrouvé Nadine et Krystel, qui discutaient, pendant que Stéphane remontait son filleul Kevin en toboggan. J'étais content de revoir Nadine. Même perdue dans un énorme habit de skidoo avec des grosses bottes, il émanait d'elle un troublant magnétisme sexuel. J'aimais son visage rond avec ses grosses joues rouges et ses lèvres pleines. Krystel était habillée tout en blanc avec un manteau ajusté, des collants et des bottes de fourrure.

— Salut les filles. Y fait-tu assez beau. Ça va, vous autres?

Nadine a répondu :

— Bof. J'ai pas beaucoup dormi. Kevin a fait une crise cette nuit. Y s'est réveillé en hurlant, complètement paniqué. Ça a pris une demi-heure avant qu'y se calme.

J'ai tressailli.

— Y a-tu dit quelque chose pendant qu'il criait?

— Qu'est-ce que tu veux qu'y dise? Y parle pas. Y faisait juste hurler comme un perdu. Sylvain s'est réveillé, y criait pour que le petit ferme sa gueule. Bref, une ostie de nuit de marde.

— Y est pas là, Sylvain?

— Non, y dort.

Assis sur le toboggan avec Kevin entre les jambes, Stéphane dévalait la pente en criant. Ils se sont arrêtés juste à côté de nous.

Bureau s'est levé et m'a toisé de pieds en cap.

— On te voit pus au bar. Qu'est-ce que tu fais? Tu nous aimes pus?

— Ben non, j'ai été ben occupé à la clinique ces derniers temps.

Mensonge total, mais j'avais pas envie de justifier mon rapprochement avec les Indiens. Il fixait mes spectaculaires bottes de poils bruns.

— Où t'as pris ça, Chewbacca?

— Ch'us allé à Val-d'Or avec Jim. J'étais écœuré d'avoir frette.

Krystel a vu le *tewagin* sanglé sur le siège de mon skidoo.

— C'est quoi, ça?

— C'est un tambour indien. Faut que je le traîne avec moi pendant trois jours.

Bureau a poursuivi avec un ton suspicieux et désagréable:

— Pourquoi faire?

— Pour que l'esprit de mes ancêtres entre dedans. C'est comme un…

— Tu viendras pas me dire que tu crois à ces ostie de niaiseries là. Qui t'a donné ça?

J'avais l'impression d'être un terroriste interrogé par le FBI.

149

— Y s'appelle Oscar quequ'chose. On est allés au Centre d'amitié autochtone à Val-d'Or.

Bureau s'est avancé lentement vers moi jusqu'à me cacher complètement le soleil. Dans son habit de skidoo noir, il avait l'inquiétante majesté de Darth Vader.

— Écoute-moi ben, doc. Je sais pas trop à quoi tu joues, mais je pense que t'as pas compris comment ça marche icitte. Y a les Blancs pis les Indiens. Si t'es avec les Indiens, t'es contre nous autres. Fais ben attention.

— Je te l'ai déjà dit, Steph. Moi, ch'us le médecin de tout le monde. J'aime autant les Indiens que les Blancs. On est pas obligés de choisir. Jim lui, y est à moitié Blanc pis moitié Ind...

— Fais-toi pas d'idées. Jim, y a peut-être l'air d'un Blanc, mais c'est un Indien. Les Kawishs, y s'en crissent des jobs, y ont du *cash* du gouvernement. Nous autres, la mine, on en a besoin. Moi, ça me tente pas que Mort-Terrain finisse comme Joutel, OK? Jeudi, c'est la soirée d'information avec le BAPE. T'es aussi ben d'être de notre bord.

— Moi, ch'us médecin. Ch'us du bord de la santé.

Jusque-là silencieuse, Nadine m'a regardé gravement.

— Une job, c'est bon pour la santé. Surtout pour la santé mentale. Sylvain, y va virer fou si y travaille pas. Pis Kevin...

Elle a désigné son enfant-légume toujours immobile dans le toboggan avec son habit de neige rouge et sa tuque de Spiderman.

— ... faudrait y faire suivre des traitements à Montréal. Tu sais-tu comment ça coûte, ça?

Je n'avais rien à répondre. Malaise.

— Bon ben, je vais y aller, moi. Nadine, je vais voir avec le docteur Comeau ce qu'on peut faire pour Kevin.

Elle a répondu :

— Ici, on peut rien faire. C'est lui qui m'a dit d'aller à Montréal.

J'ai démarré ma motoneige et je les ai quittés, dépité. Ils avaient quand même raison. J'étais au centre d'un nœud gordien : pour ou contre la mine. Pourquoi fallait-il que le monde soit si binaire ?

Au lieu de rentrer, je suis parti me promener en skidoo. J'ai emprunté une piste au nord du lac Mistaouac qui, selon Jim, menait directement à Waskaganish, une réserve crie à l'embouchure de la baie James.

Je filais entre les arbres à folle allure, sur une piste à double voie parfaitement damée. Une véritable autoroute en pleine forêt. Sur les lacs, alors que la visibilité s'allongeait, je poussais ma machine jusqu'à cent quatre-vingts kilomètres heure. L'ivresse de la vitesse était un fixe d'adrénaline pure. Tout n'était que forêt et blancheur. J'avais l'impression d'être le seul survivant de la Terre à la suite d'une glaciation subite. Cette sensation de solitude était aussi grisante que vertigineuse.

J'ai envisagé un instant de me rendre jusqu'à Waskaganish, mais je n'avais pas assez d'essence pour parcourir les cinq cents kilomètres aller-retour d'une pareille expédition. Au retour, je me suis arrêté pour me reposer au milieu d'un lac immaculé. Le soleil brillait dans un ciel sans nuages. J'avais presque trop chaud dans mes vêtements. J'ai enlevé mes mitaines et ouvert mon manteau.

Assis sur ma motoneige, j'ai détaché mon *tewagin* pour en jouer. Le battement régulier se répercutait sur les rives en écho et emplissait tout l'espace d'une rassurante vibration. C'était un son millénaire, aussi vieux que la forêt elle-même. J'ai fermé les yeux.

Ma famille me manquait tout à coup. À part quelques courriels laconiques, je n'avais pas vraiment donné de nouvelles à mes parents. Ma mère voulait tout savoir de ma nouvelle vie, mais je ne collaborais pas beaucoup à l'enquête. Il faudrait que je voie avec Comeau si c'était possible de m'absenter pour Noël. Je pourrais aussi les inviter. Et Sophie? Je n'avais eu aucune nouvelle depuis bientôt six mois. Mes quelques courriels de relance étaient demeurés sans réponse. Était-elle seulement en vie? Pas de nouvelles non plus de mes amis en médecine. Comment se déroulait leur stage? Il ne m'était même pas venu à l'idée de m'informer. Ma vie à Montréal me semblait tellement lointaine, comme si en m'éloignant dans l'espace je m'étais aussi éloigné dans le temps. Mort-Terrain m'avait englouti comme le triangle des Bermudes.

Émergeant d'une méditation rythmique, j'ai arrêté de jouer et ouvert les yeux. Le silence était d'une densité presque palpable. Le soleil avait baissé rapidement. Il allongeait maintenant les ombres de la forêt jusqu'au milieu du lac. J'ai démarré la motoneige et quitté la piste pour m'amuser sur le lac. Enfoncé dans la poudreuse, j'effectuais des virages fluides dans tous les sens en inclinant mon corps presque à l'horizontale. Je m'amusais dans la neige comme une baleine à bosse qui joue dans l'eau. Avec le plaisir gratuit de l'instant présent.

Je me suis arrêté pour contempler mes traces. De complexes arabesques sur une immense page blanche. Tracer des signes sur une surface. N'est-ce pas là la définition de l'écriture? Une écriture automatique, mécanique de surcroît, à l'intention d'un lecteur aérien, que n'auraient certainement pas dédaignée André Breton et les surréalistes.

Je suis revenu chez moi alors que le soleil avait disparu depuis longtemps derrière le mort-terrain.

6

Un projet à fort tonnage et faible teneur

John Smith et la mairesse de Mort-Terrain sont attablés face à face dans un petit camp de chasse. Il porte toujours son paletot couleur sable et ses cheveux noirs sont impeccablement lissés vers l'arrière. Elle a posé son casque sur la table et enlevé son manteau de skidoo. Elle porte un ample coton ouaté avec un loup hurlant devant une lune gigantesque et une salopette de skidoo. Une truie bourrée de bois réchauffe l'unique pièce, meublée d'un comptoir, d'un lit superposé, d'une table et de quatre chaises.

Lorsque le représentant de la minière Wendigo relève vers lui le couvercle de la mallette, les yeux de la mairesse scintillent. Cinquante mille dollars répartis en vingt paquets de vingt-cinq billets de cent dollars ; elle n'a jamais vu autant d'argent. Officiellement, c'est un don de Wendigo pour la Fondation de la mairesse. L'organisme a été mis sur pied il y a cinq ans pour soutenir des projets structurants dans la commu-nauté de Mort-Terrain. Jusqu'ici, il n'y a que la scierie et la famille Bureau qui ont contribué. En termes de projets structurants, la Fondation a soutenu la construction d'une terrasse pour le bar de l'hôtel et l'achat de chandails pour l'équipe de hockey. En réalité, c'est une excellente échappatoire fiscale, les dons étant déductibles d'impôt à soixante-quinze pour cent.

L'affaire conclue, ils se lèvent pour se serrer la main. La mairesse est une femme baraquée avec des cheveux grisonnants coupés en brosse. La main de Smith est étrange, très froide, avec des doigts trop osseux et trop longs. La mairesse a l'impression d'avoir des pattes de crabe dans la main. Elle réprime une moue de dégoût. Elle réitère l'appui de la municipalité au projet de mine et assure qu'elle fera tout en son pouvoir pour persuader les citoyens d'y adhérer. Smith la remercie et s'en va.

Au-dehors, il enfourche une motoneige noire avec des patins jaunes. Il démarre le moteur et se met en route. Il conduit habilement, un genou posé sur le banc. Sa cravate rouge vif flotte derrière lui comme une traînée de sang s'échappant de son cou.

Lundi matin, dès mon arrivée au centre de santé, j'ai pris contact avec le docteur Comeau par Skype. Je voulais en savoir plus sur le cas de Kevin Sauvageau. Comeau avait effectivement recommandé à Nadine des traitements en oxygénothérapie hyperbare. Rien n'était garanti, mais on pouvait espérer une amélioration des fonctions neuromotrices. Vu son état, il n'avait rien à perdre. Par contre, les traitements se donnaient à Montréal et coûtaient cher. J'ai abordé aussi la tache mauve que Kevin avait au bas du dos. Mais Comeau s'est renfrogné. L'avait-il remarquée? Non... peut-être... il ne s'en souvenait plus. On aurait dit un témoin à la commission Charbonneau. Comeau savait pour la tache, mais il ne voulait rien dire. Pourquoi?

Nicole McDonald s'est pointée avec une heure de retard pour l'examen annuel de son fils Dylan. Elle l'a reconduit à ma porte avant de s'en retourner vers la salle d'attente. Je lui ai dit:

— Tu peux rester si tu veux.

— Ah oui? Avec le docteur Comeau, on pouvait pas rester.

Pendant que la mère et le fils entraient, j'ai enlevé mon *tewagin* de la table d'examen pour le placer précautionneusement sur mon bureau. Dylan était un grand gars de sept ans, calme et poli. Il m'a serré la main avec vigueur.

— Bonjour docteur. As-tu encore la bedaine rouge?

Je ne comprenais pas. Puis je me suis rappelé l'avoir vu à la fête de Jerry. C'était maintenant mon visage qui rougissait. De honte. La honte d'un docteur sur la coke devant un enfant. Je l'ai invité à s'asseoir sur la table d'examen.

— Laisse faire ma bedaine. On va plutôt regarder tes dents. Ouh, va falloir nettoyer ça.

Après lui avoir enlevé assez de tartre pour remplir un dé à coudre, je lui ai badigeonné les dents d'une solution fluorée. Sinon, tout allait bien. Il grandissait normalement et paraissait en très bonne santé. C'était un sportif qui excellait au hockey et sa mère essayait de le nourrir convenablement. Elle lui donnait des suppléments vitaminés durant l'hiver. Ça me changeait de ses gros compatriotes sédentaires.

J'ai demandé à l'enfant d'enlever son chandail pour l'ausculter. Dans le bas du dos, il avait la même tache mauve que Kevin. Je me suis tourné vers Nicole.

— C'est quoi, cette tache?

Elle m'a regardé comme si je lui avais demandé les ingrédients pour faire une toast au beurre de pinottes.

— C'est la tache mongoloïde. Tous les Indiens ont ça.

— Est-ce qu'il faut être 100 % Indien pour l'avoir?

— Non. Les Métis peuvent l'avoir aussi.

Mon stéthoscope est resté suspendu en l'air. Tout ça était très intéressant.

— Très bien, Dylan. T'es en parfaite santé. Tu peux te rhabiller.

— *Migwetch* docteur Daigneault.

— Salut mon grand. On se revoit dans un an.

Ça voulait dire qu'au moins un des deux parents de Kevin était Indien. Sauvageau savait-il que son fils était un Sauvage? C'était quand même ironique que celui qui haïssait le plus les Indiens en ait engendré un.

J'avais l'après-midi pour faire un peu de recherche concernant les mines et la santé publique. Il y avait une réunion de préparation au conseil de bande, et j'y étais invité. J'ai lu des dizaines de rapports avec une fascination et une répugnance croissantes. Partout où la réalité minière avait été documentée, que ce soit au Chili, en Virginie-Occidentale, en Australie ou dans le quartier Notre-Dame de Rouyn-Noranda, on trouvait des anomalies inquiétantes en santé publique. Cancers de toutes sortes, espérance de vie réduite, pollution. Sans compter la corruption, les assassinats de travailleurs, la manipulation et la rétention d'information. Je prenais des notes frénétiquement, comparant et recoupant les données. Isolément, ces anomalies pouvaient apparaître comme des coïncidences désagréables. Mais, réunies en bouquet, les fleurs du mal répandaient un parfum toxique.

Je me suis présenté à la réunion armé de mes recherches et de mon *tewagin*. Outre Jim et Claude, on comptait Marie Wahigan, membre du conseil de bande de Mézézak ; Ghyslain Cananasso, chef de la Nation abitibiwinni ; Pierre-Paul Ratel, représentant du collectif Bonnemine ; et le comédien Ross Déry, fraîchement débarqué de Montréal. Excepté Jim, tout le monde fumait. Le local était enfumé et surchauffé. Ça me rappelait le camp de pêche de mon grand-père au lac Burn.

Originaire de Normétal, au nord-ouest de l'Abitibi, Ross Déry était notoirement impliqué contre le harnachement des rivières et une panoplie de causes environnementales toutes plus nobles les unes que les autres. Sa renommée de comédien internationale (il avait été en nomination pour une palme d'or à Cannes) garantissait un maximum d'exposition médiatique. Les femmes étaient littéralement magnétisées par son charisme et sa beauté de loup solitaire. À la suite d'un premier rôle dans une populaire télésérie policière suédoise, un fan-club scandinave exclusivement féminin lui vouait un culte assidu sur Internet. Bref, c'était un allié idéal.

À mon arrivée dans la salle, Marie gloussait comme une adolescente en se faisant prendre en photo avec Ross, dont le col roulé de laine était du même gris que ses yeux pénétrants. J'ai posé ma paperasse et mon tambour sur la grande table devant moi.

Jim a présenté tout le monde. Claude nous a souhaité la bienvenue, avant de céder la parole à Pierre-Paul Ratel. C'était un petit quinquagénaire à lunettes, nerveux, avec des cheveux frisés et un bouc grisonnants. Il avait le regard intelligent et une voix nasillarde, qui perçait comme celle de Michel Chartrand. Son débit était rapide et tranché. Il commença sans préambule.

— Faut pas vous faire d'idées, hein. La minière va arriver avec (il mima des guillemets) un beau-projet-porteur-de-prospérité-pour-tous-et-respectueux-de-l'environnement. C'est toujours la même crisse de *bullshit*. Excusez mon langage, hein, mais quand c'est gros de même (il écarta les mains devant lui), que ça a du poil pis que ça miaule, ben ça s'appelle un chat.

L'assemblée a souri. Il a poursuivi :

— Qu'est-ce que vous savez de la position de la mairesse et des conseillers ?

Claude a répondu :

— La mairesse est pour. Les conseillers vont suivre. Comme toujours.

Ratel a repris.

— Il va falloir organiser l'opposition citoyenne. Faites-vous pas d'idées, hein. Y en a qui vont être pour, d'autres, contre. Ça va polariser le village, vous aurez jamais vu ça. Ça peut même devenir agressif.

J'ai tenté de dédramatiser.

— Mais on sait même pas c'est quoi, le projet. On peut-tu attendre de voir ce que c'est avant de s'opposer?

— Docteur, sauf votre respect, ça fait vingt ans que je les regarde aller, les minières, hein. Quand y débarquent avec leurs gros sabots, ça fait du dégât. Ben sûr qu'ils vont être gentils au début. Y vont vous garantir le beurre, l'argent du beurre, pis les fesses de la crémière, hein. C'est partout pareil dans le monde entier. Au début, c'est comme un rêve. Y promettent des jobs payantes à des chômeurs désespérés. Pensez-vous que je l'ai pas vu, votre village désœuvré avec des pancartes à louer partout?

C'était un excellent orateur. Il nous a laissés encaisser avant de continuer.

— Ça sera pas différent icitte. Mais fiez-vous sur moi, c'est des rapaces. Ils sont pas là par charité chrétienne. Ils veulent le minerai, pis ils vont l'avoir. Au plus bas coût possible. Pis quand ils l'auront eu, ils vont crisser leur camp comme des sauv... comme des voleurs, pis tout ce qu'il va vous rester, c'est un environnement saccagé pis des chômeurs malades. À la fin, le rêve va être devenu le cauchemar d'une fille qui s'est fait cruiser par un beau gars dans un bar pis qu'y se réveille violée dans le fond d'une ruelle avec le sida.

Sa tirade avait fait mouche. Un silence accablé s'était abattu dans la pièce. Satisfait de son effet, il a ajouté:

— La *game* va être *tough*. Ça va jouer salaud. Mais si vous êtes prêts à vous battre, on peut vous aider.

Jim a demandé d'une voix incertaine:

— Qu'est-ce qu'il faut faire?

— Il faut faire la guerre sur plusieurs fronts. D'abord informer les citoyens. Surtout pour les enjeux reliés à la santé. Docteur Daigneault, on compte sur vous pour ça.

J'ai voulu tempérer ses attentes.

— J'ai fait quelques recherches, mais je ne suis pas spécialiste.

— On va vous aider. On a un gars qui s'occupe juste de ça au collectif. Les mines, ça empoisonne pas juste les mineurs. Ça pollue l'air, l'eau et la terre. Tout le monde est touché. Ensuite, y a le front légal. Les Algonquins vont faire valoir leurs droits territoriaux. C'est le conseil de la Première Nation abitibiwinni qui va porter le dossier au nom de la réserve de Mézézak.

Il s'est tourné vers Ghyslain Cananasso.

— On a un avocat spécialiste des traités territoriaux qui va vous appeler demain. Pis y a le volet médiatique. Ça, c'est le domaine de Ross. Demain, le collectif va publier un communiqué de presse qui annonce que Ross Déry va être à la rencontre de jeudi pour sensibiliser les citoyens. Regardez ben les kodaks débarquer. Comme des mouches autour d'un pot de miel.

Ross souriait légèrement.

— Ça fait dix ans que Ross travaille avec nous. Vous allez voir, c'est un vrai pro. Bon ben, moi ça fait le tour. Avez-vous des questions ?

C'était très clair. Une guerre se préparait et chaque camp fourbissait ses armes. L'assemblée s'est dissoute avec un certain espoir. L'optimisme de Ratel était contagieux. Il était temps que je sorte de là. J'avais mal à la tête à cause de la fumée et de la chaleur.

*

Pierre-Paul Ratel avait eu raison. Les premiers journalistes ont débarqué à Mort-Terrain quelques heures après le lancement du communiqué de presse du collectif Bonnemine. Mercredi, c'était surtout des journalistes régionaux. Mais dès jeudi, on a vu arriver des camions satellites de Montréal.

162

L'hôtel était plein. Certains Morterrons, dont Stéphane Bureau, avaient même loué leur chalet à gros prix. C'était la première fois qu'on entendait parler de Mort-Terrain aux nouvelles nationales. Le village frémissait d'orgueil et d'excitation.

Les journalistes cognaient littéralement aux portes pour recueillir des commentaires. Tout le monde comptait se rendre à la réunion du BAPE de jeudi pour en apprendre plus, mais pour l'instant, personne ne savait rien du projet. Alors tout le monde se contentait de ressasser les mêmes banalités à la caméra : Mort-Terrain était un petit village tissé serré où il faisait bon vivre. Ti-Nouche, avec sa verve sympathique, Bureau, avec son autorité naturelle, Krystel, resplendissante de vacuité, tout le monde y était passé. Même moi. Selon les conseils de Ratel, j'avais été laconique, précisant que j'assisterais à la réunion du lendemain dans l'intention de recueillir des informations relatives à la santé publique des Morterrons.

Les mercenaires de l'information avaient été reçus plus froidement à Mézézak. Aucun Indien n'avait voulu leur parler et le chef Claude Papati s'était contenté d'un court point de presse devant le local du conseil de bande, au cours duquel il avait déclaré qu'il comptait assister à la réunion de jeudi et que les Anishnabés n'étaient pas contre le développement, pourvu qu'ils soient consultés.

Mercredi soir, le bar de l'hôtel était bondé. J'étais assis au fond avec Jim et Pierre-Paul Ratel. Ross avait posé son Kanuk Corbeau avec capuchon à col de coyote sur le dossier de la chaise en face de moi et bavardait avec les Morterrons, envoûtés par la présence d'une telle divinité parmi eux. Je n'avais jamais vu autant de femmes dans le bar. On faisait littéralement la file devant Ross, les hommes pour lui serrer la main et lui payer à boire, les filles pour se faire prendre en photo avec lui. Quelques journalistes tout aussi groupies l'ont interrogé sur la raison de sa présence à Mort-Terrain et sur ses projets de films.

Pierre-Paul Ratel jubilait. Tout se passait exactement comme prévu. Selon sa stratégie, il avait suggéré à Ross de ne pas aborder tout de suite le problème minier. Le fils prodigue abitibien se contentait de répéter à quel point il était fier de ses origines et de la beauté sauvage de la région.

À l'autre bout de la salle, les frères Bureau étaient seuls à leur table. Stéphane ruminait et semblait jaloux de l'attention drainée par Ross. Le chef syndical lui jetait régulièrement un regard oblique dans l'indifférence générale. Il était d'autant plus frustré qu'il était largué par ses alliés. Plusieurs gars de la scierie et même Ti-Nouche participaient à l'adoration de Déry.

J'ai quitté la scène au moment où Nathalie apportait à notre table un cabaret rempli de shooters. La soirée allait être longue pour Ross. En partant, j'ai aperçu un grand maigre en complet gris qui offrait deux grosses 50 aux frères Bureau. Il me semblait l'avoir déjà vu, mais j'ignorais où. Il n'avait pas l'air d'un journaliste.

*

Jeudi avant-midi, Stéphane Bureau est débarqué à la clinique sans s'annoncer. Encore chaussé de ses bottes à cap, il s'était fait mal au dos à la scierie et voulait que je l'examine. Sans attendre mon invitation, il s'est assis sur la table d'examen et a enlevé son t-shirt à col en V. J'ai commencé à lui palper le dos. Il avait la morphologie massive d'un cheval de trait. Pas une musculature factice façonnée en gymnase. Un combiné de génétique et de labeur quotidien. Une immense croix était tatouée sur son dos. Le montant vertical lui couvrait presque entièrement la colonne vertébrale. Si la religion chrétienne prônait vraiment la compassion et l'amour de son prochain, elle aurait choisi un instrument de torture beaucoup moins souffrant que la croix comme symbole. Une guillotine, par exemple. Ça aurait été très beau, une guillotine, dans le dos du gros Bureau.

— Écoute, je trouve rien. T'as probablement un muscle d'étiré. Prends des Tylenol et repose-toi. Je peux aussi te donner des exercices d'assouplissement si tu veux.

— J'aimerais mieux des pilules. Comeau y me donnait des pilules.

— Steph, t'en as pas besoin, je…

Il a levé le ton brusquement. Des veines saillaient de ses trapèzes. Son gros cou avait l'air d'un petit volcan en éruption.

— T'es qui toé, pour me dire ce que j'ai de besoin ? Quand t'avais besoin d'un quatre-roues, je t'en ai prêté un. Quand t'avais besoin de bière à La Sarre, je t'en ai payé. C'est de même que ça marche icitte. Pis là, moé j'ai besoin de Dilaudid.

Il me regardait de ses yeux torves de grizzly. Il avait bien profité de mon avarice, le gros tabarnak. Rageur, je lui ai griffonné sa prescription. Il a saisi le papier précautionneusement, avec l'index et le pouce en pincette, avant de l'agiter narquoisement à côté de son visage souriant.

— Merci doc, je me sens déjà mieux.

— Je pourrais te prescrire du pot aussi, mais je pense que t'as pas besoin de moi pour en trouver.

Il est redevenu menaçant.

— Je sais pas de quoi tu parles. À ce soir, doc.

Il a quitté en remettant son chandail. Avant de franchir le cadre de porte, il s'est retourné.

— La mine, on la veut. On laissera pas les Indiens pis des petits Mourialais se mettre en travers de notre chemin.

Je devais étudier des dossiers, mais je ne parvenais pas à me concentrer. Les menaces sourdes de Bureau me déstabilisaient. Que voulait-il dire au juste ? De quels Montréalais parlait-il ? De moi ou de Ross Déry ?

Jim est venu me chercher pour m'amener à une tente de sudation. Je l'ai suivi avec gratitude. J'avais bien besoin de me changer les idées. En marchant vers le lac, il m'a expliqué qu'à l'origine, le sauna servait à purifier les chasseurs avant la chasse. Claude pensait que c'était une bonne idée de se nettoyer l'esprit avant la rencontre de ce soir.

Un dôme avec une bâche de plastique bleu avait été installé sur la rive enneigée du lac Mistaouac. En retrait, un Algonquin que je ne connaissais pas attisait un feu pour chauffer les pierres. Il fallait se dévêtir dans le camion de Claude stationné à côté. Juste avant de sortir, Jim m'a dit :

— Le *Sweat Lodge*, c'est pas juste un sauna. C'est une expérience mystique. C'est le chaman Achak qui va diriger la cérémonie. Il parle juste algonquin, mais tu vas tout comprendre si tu gardes ton cœur ouvert. Si jamais t'as trop chaud, sors. Mais si t'attends assez longtemps, tu vas voir des choses.

Entièrement dévêtu, j'ai eu un choc thermique en trottinant sur la neige. À l'intérieur de l'abri, des branches de sapin tapissaient le sol. La bâche était soutenue par des arceaux de tremble savamment assemblés. Quatre couvertures de laine étaient étendues autour d'une caisse de métal contenant des pierres chaudes. Il faisait bon et l'air humide embaumait le conifère.

Je me suis assis entre Jim et un vieil Algonquin tout rabougri, que j'ai salué d'un *kwé* incertain. Ses longs cheveux blancs étaient retenus par un bandeau. Je me rappelais l'avoir vu réciter des prières et des chants lors des funérailles de Jeffrey Mowatt. En face de moi se

166

trouvait Claude. Jim avait détaché ses cheveux. Nous étions tous les quatre silencieux, entièrement nus, assis en Indien avec les mains sur les cuisses. L'atmosphère était calme et apaisante. La lumière tamisée filtrait à travers le plastique bleuté. J'avais l'impression d'être dans un utérus. À travers la paroi, une ombre était accroupie près du feu.

Achak a pris la parole en algonquin. Il a prononcé nos trois noms. Le mien sonnait Julianne. Sa voix était vieille et douce, comme un galet poli par la mer. Elle chuintait du fait qu'il n'avait plus d'incisives. Jim et Claude avaient fermé les yeux. Moi aussi.

Un courant d'air glacial m'a fait ouvrir les yeux. L'assistant d'Achak avait dégagé un pan de la bâche et apportait des pierres chaudes dans une pelle. Il a quitté discrètement. À l'aide d'une vieille louche cabossée, Achak a versé lentement de l'eau sur les pierres brûlantes. « Pschiiiiittttt. » Une vapeur chaude s'est répandue instantanément dans le dôme.

Le chaman a repris la parole. J'ai refermé les yeux en me laissant bercer par les mots. J'en ai compris quelques-uns comme *mino pijak* (bienvenue) et *machkawisiak* (force). « Pschiiiiittttt. » La chaleur a augmenté encore. Il faisait chaud, mais ça restait supportable. Étouffée par la vapeur, la voix du chaman était monocorde et régulière, comme une psalmodie rassurante.

L'air est devenu trop chaud et me brûlait les narines. Je respirais par petites goulées en entrouvrant légèrement les lèvres. Mon corps était détendu et j'essayais de nettoyer ma tête. Je n'avais plus aucun repère. Le temps s'était dissous dans la vapeur.

« Pschiiiiittttt. » Une autre louche de lave. J'étais totalement immobile, hormis le léger soulèvement de ma cage thoracique. Je sentais mon cœur ralentir. Tandis que mon corps se recroquevillait sur le maintien de mes fonctions vitales, ma conscience gagnait en amplitude. La voix du chaman était maintenant très loin, comme de l'autre côté d'un lac embrumé. J'ai senti mon esprit quitter mon corps. Les visions ont débuté. Quatre tableaux très nets, avec des détails hyper-réels.

C'est l'été, le soleil chauffe le goudron d'une route en pleine forêt. Un Indien de dos fait du pouce. Il est nu-pieds et porte des jeans à pattes d'éléphant avec une chemise à franges. Ses longs cheveux noirs tombent dans son dos. Un sac en bandoulière gris repose sur sa hanche droite. Soudain, un camion avec une remorque vide apparaît au fond de la route. Le véhicule s'approche rapidement. Un vieux modèle de Mack chromé à nez plat, d'un mauve fulgurant. Le reflet du soleil dans le pare-brise m'empêche de voir le conducteur. Juste avant d'arriver à la hauteur de l'Indien, le camion bifurque vers lui et le happe brutalement avec un bruit sec d'os broyés. Projeté dans les airs, le corps virevolte comme un petit gigueux de bois désarticulé. Tout se passe au ralenti. L'arc de la trajectoire est interminable. Finalement, le corps retombe lourdement dans le fossé, quelques dizaines de mètres plus loin. Le sac s'est détaché en plein vol et s'est accroché dans une épinette. Le camion poursuit sa course sans même ralentir.

Dans une chambre d'enfant, Sylvain Sauvageau, en bobettes, est penché sur une table à langer. Exaspéré, il tente maladroitement de mettre une couche à un bébé qui se débat en hurlant. Fou de rage, Sauvageau empoigne le nourrisson et le secoue brutalement en lui gueulant dessus. La tête du bébé bascule lourdement de l'avant à l'arrière, comme s'il acquiesçait. La couche tombe, et on aperçoit une tache mauve dans le bas du dos de l'enfant. Sauvageau arrête de secouer le bébé, qui s'est tu et ne bouge plus. Ahuri, Sylvain le repose doucement dans sa couchette. Nadine surgit dans la chambre. Elle est vêtue d'un simple t-shirt de Black Sabbath trop grand. Malgré ses cheveux en bataille et ses traits fatigués, elle est terriblement sexy. Paniquée, elle pousse Sylvain et prend le bébé. Il est toujours inerte, et sa tête repose sur son épaule gauche. Hystérique, elle tient le bébé d'un bras et de l'autre, frappe Sylvain, qui se laisse faire, complètement hébété.

Une petite Algonquine de cinq ans est assise sur la table d'examen de mon bureau au centre de santé. Elle est en camisole et porte une petite culotte dont la blancheur contraste avec sa peau cuivrée. Ses mains sont posées entre ses cuisses et deux longues tresses descendent le long de ses bras. Elle pleure en silence. Devant elle se tient le docteur Comeau. Il plaque doucement son index droit sur la bouche de l'enfant et défait sa braguette de sa main gauche.

Jim Papati marche dans un corridor bordé de portes. Il est vêtu d'une serviette nouée à la taille. Le faible éclairage rougeâtre donne à sa peau de Métis une teinte de bronze. Ses longs cheveux sont attachés. Il entrouvre une porte. Au fond de la petite pièce peu éclairée, un jeune homme blond avec une serviette autour de la taille est affalé dans un lit. Les deux se jaugent. Sur un signe de tête du blond, Jim entre et ferme la porte. Il va s'étendre sur le lit, et les deux hommes commencent à s'embrasser en se caressant.

La chaleur était intenable. J'étais penché en avant pour éviter la brûlure de ma chaîne d'argent sur mon torse. Sous la bâche, la voix du chaman vacillait. Lui aussi semblait épuisé. Il fallait que je sorte. Respirant péniblement, je me suis retourné en tâtonnant pour trouver l'ouverture. L'assistant a ouvert un pan et j'ai rampé dehors à quatre pattes. Le traumatisme thermique était brutal mais salutaire. Je me roulais tout nu dans la neige en criant. Le froid m'a déblayé la tête. J'avais l'impression que mon esprit se reconnectait à mon corps. Une fois le choc passé, j'étais bien. J'ai marché vers le camion pour me rhabiller. Jim m'y attendait déjà vêtu, assis côté passager. J'ai retrouvé avec plaisir la chaleur de mes bottes de castor et de mon habit de l'armée finlandaise. Assis derrière le volant, j'ai regardé mon ami avec insistance. Mal à l'aise, Jim a demandé :

— Qu'est-ce qu'y a ?

— J'ai eu des visions. Je t'ai vu.

Il a eu une moue d'incompréhension.

— T'étais dans un sauna. T'embrassais un blond.

Troublé, Jim a regardé nerveusement autour de lui. L'assistant était toujours immobile auprès du feu. Claude et Achak étaient encore sous la bâche. J'ai voulu le rassurer.

— Ça me dérange pas que tu joues dans l'autre équipe. Je suis un peu surpris, mais je m'en câlisse. C'est tes affaires.

Il m'a regardé avec une agressivité que je ne lui connaissais pas.

— Y a personne qui est au courant. Si ça se sait, je pourrai pus rester dans la communauté.

— T'exagères. Asteure, les gais…

— On n'est pas à Montréal icitte. Pour les Indiens, les tapettes, ça passe pas. Personne en parle. C'est comme si ça existait pas. Faut vraiment que tu fermes ta gueule avec ça.

— Je dirai rien, je te le jure. Mais qu'est-ce que tu vas faire ? Tu peux pas te cacher de même toute ta vie.

— Si je veux rester à Mézézak, j'ai pas le choix. C'est de même. Tu peux pas comprendre. As-tu vu d'autres choses ?

— Pas vraiment.

J'étais mauvais menteur et je n'avais pas envie de m'éterniser.

— Bon ben moi, faut que j'aille prendre une douche. On va se voir à soir.

Avant de sortir, je lui ai tendu la main en le regardant dans les yeux.

— Ça change rien pour moi, OK? T'es mon frère de sang. Je te trahirai pas.

Je n'avais pas de rendez-vous cet après-midi et je suis rentré chez moi en motoneige.

Mes pensées avaient eu le temps de décanter sous la douche. Mon corps était totalement amorphe, mais mon esprit était éclairci. Je me suis fait une omelette, que j'ai mangée en robe de chambre en lisant Maupassant. Encore une magnifique journée d'hiver. Le soleil allait bientôt s'évanouir derrière la montagne enneigée de l'ancienne mine.

Des craquements à l'étage m'ont fait sursauter. Quelqu'un marchait en haut. Je suis monté rapidement. Le bruit semblait provenir de ma chambre. Je suis entré en coup de vent, prêt à surprendre l'intrus. Personne. Que le lit double avec la couette blanche soigneusement posée, la petite commode en bois clair et le petit bureau sur lequel reposait une facture d'Hydro-Québec. Au-dessus de mon lit, le capteur de rêves oscillait doucement, bercé par une houle invisible.

Immobile comme un chasseur de phoque, j'étais à l'affût d'un autre crépitement. Lorsqu'il est survenu, j'en ai identifié rapidement la source : mon *tewagin* accroché au mur au-dessus de la commode. Sous l'effet de la chaleur du calorifère, le bois séchait et la peau se tendait. Il m'appelait.

Je l'ai décroché et me suis assis sur mon lit pour en jouer. Le son était différent. Plus sec, mieux défini. Le tambour avait terminé sa gestation de trois jours. Il était maintenant plein des âmes de mes ancêtres. Tellement plein qu'il en craquait. Je me laissais envoûter par le rythme. Mes pensées dérivaient comme des fragments d'icebergs.

Au cours d'une ordalie, j'avais vu les secrets de Mort-Terrain. En retournant la roche, j'avais vu les vers grouiller. Y en avait-il d'autres? Sûrement. Pouvais-je

171

me fier à ces visions? Probablement. Elles étaient si précises. Et si Jim avait corroboré la sienne, je pouvais croire que les trois autres étaient vraies. Je savais comment le fantôme de l'Indien était mort et pourquoi Kevin avait l'intelligence d'une courge. Il n'avait pas manqué d'air à sa naissance. Jusqu'à ce que son père le secoue, c'était un enfant parfaitement normal. Je comprenais aussi pourquoi Comeau avait eu l'air si pressé de partir de Mort-Terrain. Le vieux pédo avait voulu décrisser avant de se faire pogner.

Qui d'autre était au courant de tous ces secrets? À part pour Jim, devais-je en parler?

*

L'école de Mort-Terrain était située au bout de la 2ᵉ Rue. À mon arrivée en motoneige, le stationnement était plein de skidoos et de pick-up. Devant la porte, les camions des principaux médias étaient garés. Plusieurs fumeurs discutaient devant l'entrée. On m'a salué avec gentillesse. Le tout-Mort-Terrain s'était donné rendez-vous au gymnase. Il n'y avait pas assez de chaises pour tout le monde et plusieurs étaient debout le long des murs. L'intensité de la rumeur trahissait la fébrilité de l'assemblée.

À l'arrière de la salle, côté cour, j'ai reconnu les frères Bureau, Ti-Nouche, Langevin, Sauvageau, Krystel et Nadine. Kevin était assis sur une chaise. Dans le coin opposé, j'ai repéré facilement l'immense Jerry, qui dépassait tout le monde d'une tête. Il portait une tuque bourgogne des Redskins de Washington. Jim, Claude et Ghyslain Cananasso étaient à ses côtés.

À mon arrivée, le gros Bureau m'a fixé. J'ai vu Jim me faire signe. J'avais un choix déterminant à faire. J'ai décidé de rester neutre et de me placer en retrait, à égale distance des deux clans, à côté des caméras de télé. À ma gauche, un journaliste noir réalisait une entrevue en direct avec Ross Déry flanqué de Pierre-Paul Ratel. Des curieux étaient agglutinés autour d'eux.

Bureau faisait le tour de la salle en donnant des directives à des gars de la scierie postés stratégiquement. Ensuite, il est monté sur l'estrade pour s'adresser discrètement à l'oreille de la mairesse, assise derrière une table, face à la foule. C'est fou comme ces deux-là pouvaient se ressembler. Même corpulence, mêmes cheveux en brosse, même mâchoire de bulldozer, même regard de requin. Devant la femme, une petite pancarte avec son nom m'a tout révélé : Linda Bureau, Mairesse – Municipalité de Mort-Terrain. C'était sa sœur ! Elle devait être son aînée de quelques années.

La mairesse était flanquée à sa droite d'un loustic à petites lunettes rondes, avec une couronne de longs cheveux autour de son crâne chauve. Il portait un veston noir sur un col roulé bleu nuit. Il ressemblait en tous points à Benjamin Franklin. La plaque devant lui indiquait : Laurent Binette, ministère de l'Environnement du Québec. À la gauche de Linda Bureau, au centre de la table, un beau cinquantenaire qui avait la prestance de Donald Pilon relisait ses notes. L'écriteau devant lui annonçait : Renaud Dubreuil, Commissaire – Bureau d'audiences publiques sur l'environnement.

À la gauche du commissaire, un grand maigre était assis et consultait un ordinateur. Il portait un costume anthracite, une chemise blanche avec des boutons de manchettes et une cravate rouge sang. Ses cheveux noirs parfaitement gominés étaient lissés vers l'arrière. Son visage triangulaire osseux était fendu par une bouche bizarre, aux lèvres inexistantes. Son allure était à la fois rassurante et inquiétante. Sur le panonceau devant lui, on pouvait lire : John Smith, minière Wendigo.

Après avoir consulté la mairesse du regard, le commissaire du BAPE a pris la parole. La salle a cessé instantanément de bourdonner.

— Bonsoir tout le monde. Merci de vous être déplacés en si grand nombre. Je m'appelle Renaud Dubreuil, je suis le commissaire du Bureau d'audiences publiques sur l'environnement mandaté par le gouvernement du Québec pour étudier le projet minier aurifère Wendigo Mort-Terrain. Les audiences auront lieu en deux temps. D'abord, la rencontre de ce soir vise à vous informer sur le projet de la minière Wendigo. Gênez-vous pas pour poser toutes les questions que vous voulez. On est ici pour répondre à toutes vos interrogations concernant le projet de mine proposé par Wendigo.

Il a fait une pause pour irradier la salle d'un sourire Colgate.

— Une seconde rencontre aura lieu dans une semaine pour recueillir vos commentaires et préoccupations par rapport au projet. Par la suite, le BAPE va rédiger un rapport qui sera remis au gouvernement du Québec pour déterminer si le projet peut être autorisé et, le cas échéant, à quelles conditions. Sans plus attendre, je vais laisser à monsieur John Smith, de la minière Wendigo, l'honneur de vous donner tous les détails du projet de mine à Mort-Terrain.

Entraînée par les *cheerleaders* de Bureau, la foule a applaudi. Smith a pris la parole avec assurance. Sa voix était grave et rassurante, comme celle de tous les spécialistes en relations publiques. Il semblait impensable qu'elle puisse émaner d'un corps aussi frêle. Son français était impeccable, sans aucun accent.

— Bonsoir, citoyennes et citoyens de Mort-Terrain. La minière Wendigo est fière de vous annoncer en primeur le développement d'un projet minier d'une ampleur inégalée en Amérique du Nord, ici même à Mort-Terrain. Les relevés géologiques que nous avons effectués le confirment, le sous-sol de votre village recèle l'un des plus importants gisements aurifères au monde.

Ne constatant aucune réaction dans l'auditoire, il a cru bon de préciser :

— Au cours actuel des métaux précieux, vous êtes en ce moment même assis sur une mine d'or d'une valeur de vingt-deux milliards de dollars.

Il y a eu des « ohhh ! » et des « ahhh ! » dans l'assistance. Certains ont même regardé sous leurs chaises. Smith a ajouté :

— Avouez que ce serait bête de laisser dormir toute cette richesse.

Il s'est levé en dépliant son grand corps dans l'espace. Il a marché vers le côté de la scène avec de longues et lentes enjambées, comme s'il était sur des échasses. Il était chaussé de souliers de cuir à bouts ronds. Considérant la longueur de son corps, ses pieds étaient vraiment très petits. Ou alors ils n'avaient pas d'orteils… À l'aide d'une petite télécommande, il a activé un document PowerPoint sur l'écran au centre de la scène.

— Le projet minier de Mort-Terrain comporte quatre composantes principales : une fosse d'extraction à ciel ouvert, un complexe minier, un parc à résidus et une halde à stériles.

Lorsqu'il les nommait, les sites apparaissaient en animation 3D. La caméra s'approchait et tournoyait autour de structures superbement modélisées. C'était impressionnant. La salle était béate.

— Wendigo projette des investissements totaux d'une valeur de 1,4 milliard de dollars. Durant la phase de construction, qui durera deux ans, ce seront trois cents emplois qui seront créés. Imaginez les retombées pour Mort-Terrain.

Murmures d'approbation dans l'audience. La mairesse salivait. À sa droite, Benjamin Franklin souriait niaisement. Le commissaire conservait sa superbe et demeurait impassible.

— Dans sa phase d'exploitation, la mine va générer à elle seule quatre cents emplois bien payés. Sans compter tous les emplois indirects. Ça, ça veut dire la fin du chômage à Mort-Terrain.

Sylvain Sauvageau a crié «Bravo!» en applaudissant avec conviction. Il a été rapidement imité par la salle. Le représentant de Wendigo a laissé retomber les applaudissements avant d'enchaîner avec une image montrant le site de l'ancienne mine.

— Comme vous le constatez, le projet vise à réactiver le gisement de la vieille mine. La montée du cours de l'or et les nouvelles techniques d'extraction rendent désormais possible et rentable l'exploitation du gisement. Comme il s'agit d'un projet à fort tonnage et faible teneur, il faudra creuser beaucoup pour extraire l'or. La fosse aura une profondeur de trois cents mètres, une longueur de 1,2 kilomètre et une largeur de quatre cents mètres.

Sur la carte, on voyait le tracé de la fosse en rouge. Il formait approximativement un parallélogramme compris entre les lacs Wawagosic et Mistaouac. Projetée en plein cœur du village, la fosse laissait une dizaine de maisons à l'est complètement isolées. Quelqu'un a lancé:

— Mais vous allez creuser en plein dans le village. Vous voulez mettre Mort-Terrain dans le trou?

La salle a éclaté de rire en bloc. Smith a souri. Mais son sourire était faux, comme une menace. Il a précisé:

— Le gisement se trouve en effet sous le village. Pour tous les propriétaires de maisons, de commerces et de bâtiments à Mort-Terrain, Wendigo vous offre deux options. Vous les racheter au prix du marché plus 50 %, ou les déménager dans le nouveau quartier qui sera construit au nord.

Sur l'écran, au sud-ouest du lac Mistaouac, un quartier boisé, moderne et animé est apparu. On voyait défiler des belles maisons coquettes de banlieue, à des années-lumière des baraques en clabord d'aluminium de Mort-Terrain. La simulation mettait en scène des gens minces et élégants, à des années-lumière des véritables Morterrons bedonnants aux dents croches. Souriant exagérément, les personnages ressemblaient à des Playmobil évoluant dans un univers parfait. En bordure d'un immense remblai, on voyait des cyclistes casqués se saluer en se croisant sur une piste cyclable et des enfants s'ébattre dans les jeux d'eau d'un parc. Au sommet d'une plate-forme d'observation, des spectateurs contemplaient le trou avec ravissement. On aurait dit la ville de *Truman Show*.

— Dans ce nouveau quartier, Wendigo construira à ses frais un centre d'achat, une aréna, une école, un hôtel de ville et la plus haute glissade d'eau du Canada.

Dans un océan de conifères verdoyants, un mouvement de caméra dynamique a révélé une double spirale hélicoïdale se découpant sur fond de ciel bleu. À travers les parois translucides, on apercevait les glisseurs. Haute de plusieurs centaines de pieds, la structure représentait une gigantesque molécule d'ADN. C'était franchement impressionnant. La foule était hypnotisée. Smith souriait de satisfaction. Il a poursuivi :

— Avez-vous des questions ?

Le même type qui avait parlé plus tôt a demandé :

— Mais qu'est-ce qui va arriver avec les maisons à droite du trou ? Le village va être coupé en deux.

Smith a répondu :

— La route principale va être détournée au nord de la fosse, pour relier l'ancien quartier au nouveau. Mais tous ceux qui le veulent auront la possibilité d'être relocalisés gratuitement dans le nouveau quar…

— Mais si on veut pas partir ?

Smith avait été interrompu par Elzéar Vaillancourt, qui s'était levé péniblement. Chambranlant sur sa hanche artificielle, il toisait le représentant de la minière Wendigo avec défi. Les yeux de Smith se sont plissés et son ton est devenu moins conciliant.

— Ceux qui sont à l'intérieur du périmètre de la fosse sont obligés de partir. Vous avez jusqu'au 1er janvier pour accepter une des deux propositions de Wendigo. Après ça, vous serez expropriés par le gouvernement et vous obtiendrez beaucoup moins pour votre maison. Pour ceux dont la maison est en bordure de la fosse, vous pouvez rester si vous le voulez.

Vaillancourt s'est rassis en se laissant tomber. À l'avant de la salle, Pierre-Paul Ratel s'est levé en se retournant vers l'assemblée, avant de prendre la parole de sa voix aiguë qui emplissait tout le gymnase.

— Pierre-Paul Ratel, du collectif Bonnemine. Ce que monsieur Wendigo vous a pas dit dans son film de Walt Disney, c'est qu'habiter autour d'une mine comme ça, ça va être l'enfer. À tous les jours, y vont dynamiter. Imaginez. L'équivalent d'un tremblement de terre par jour qui va faire branler vos maisons. Sans compter le va-et-vient des camions. Du bruit pis de la poussière jour et nuit. Finie la tranquillité. Sans compter la pollution de l'air, de l'eau, pis la contamination des sols. Ben sûr que vous allez en avoir, des jobs. Mais à quel prix pour votre santé pis votre environnement?

Murmures dans la salle. Le type du ministère de l'Environnement regardait nerveusement sa montre. Le représentant de Wendigo conservait son calme.

— Wendigo entend évidemment respecter toutes les normes environnementales en vigueur au Québec. N'est-ce pas, monsieur Binette?

Heureux d'entrer en scène, le type du ministère s'est redressé pour tenter de se donner un semblant d'autorité.

— Absolument (il s'est raclé la gorge). Le BAPE va commencer des consultations dès la semaine prochaine. On va entendre tout le monde. En bout de ligne, c'est le BAPE qui aura le pouvoir d'autoriser ou non le projet. On va s'assurer que toutes les normes sont respectées.

Le chef du conseil de bande de Mézézak, Claude Papati, est entré dans la danse.

— Comment ce projet-là va affecter le territoire de la communauté? Qu'est-ce qui va arriver avec le lac Mistaouac? Pis la forêt? Pis les animaux? On pourra pus chasser. Déjà que cette année, y avait pas beaucoup d'orignaux.

À l'étonnement de tous, le représentant de Wendigo a répondu en algonquin d'une belle voix douce. Je regardais vers Jim. Les Indiens étaient abasourdis.

Le chef du conseil de la Nation abitibiwinni Ghyslain Cananasso s'est joint à la discussion en algonquin. On sentait grandir l'exaspération dans la foule. Stéphane Bureau a pris la parole au nom de l'inconscient collectif.

— En français, tabarnak!

Smith s'est adressé à tout le monde en français.

— La minière Wendigo est bien consciente des inquiétudes d'ordre environnemental que peut susciter un projet d'une pareille ampleur dans votre communauté. À ce sujet, nous avons déjà réalisé des études d'impact que nous avons transmises au BAPE. Je vous assure que le projet de Mort-Terrain sera réalisé dans une perspective de développement durable respectueuse de l'environnement. Vous avez ma parole. Avez-vous d'autres questions?

Après s'être retourné pour recevoir l'approbation de Bureau par hochement de tête, un gars a demandé:

— Par-icitte, on est plutôt bûcherons. Est-ce qu'on va pouvoir travailler à la mine même si on connaît rien là-dedans?

— Wendigo offre des programmes de formation et de conversion gratuits à tous les travailleurs intéressés. Nous allons avoir besoin de mineurs, d'opérateurs, de chauffeurs, mais aussi d'administrateurs, de comptables, de spécialistes en communication et d'avocats. Y a du travail pour tout le monde chez Wendigo. Et les salaires sont très bons.

Sauvageau a renvoyé la balle au bond.

— Combien?

— La première année, un mineur commence à quatre-vingt-cinq mille dollars. Au sommet de l'échelle salariale, ça peut aller jusqu'à cent vingt-cinq mille, plus les bonis.

Des marmonnements rêveurs ont parcouru l'assemblée. Sauvageau a conclu avec une conviction contagieuse.

— Où c'est qu'on signe?

Smith a émis un petit rire sec.

— Voilà un bel enthousiasme. On va vous tenir au courant. Avez-vous d'autres questions?

Pierre-Paul Ratel s'est levé, sous les murmures exaspérés d'une partie de la salle.

— Vous allez l'opérer pendant combien de temps, la mine?

— La phase de construction va durer deux ans. La phase d'exploitation, dix ans, et la phase de restauration, trois ans.

— Donc quinze ans en tout. Avant, l'exploitation d'une mine durait cinquante ans. On pouvait être mineur de père en fils. Là, c'est même pas de la job pour une génération. C'est pas long, quinze ans. Vous allez faire quoi après?

La mairesse a pris la parole.

— Il va falloir diversifier l'économie. C'est à ça que va servir la Fondation de la mairesse. Pis justement, j'annonce officiellement que Wendigo a fait un don de vingt-cinq mille dollars à la fondation. Tous ceux qui ont des projets de développement, venez nous voir. Ça va nous faire plaisir de vous financer. Bon ben, merci beaucoup monsieur Smith, monsieur Dubreuil et monsieur Binette. Je pense que ça fait le tour. Bonne soirée tout le monde. Vive Wendigo! Vive Mort-Terrain!

Le commissaire aurait bien voulu ajouter quelques mots pour conclure, mais la mairesse l'avait pris de court en levant l'assemblée. La salle s'est dispersée, tout le monde parlait en même temps. Plusieurs personnes ont rejoint le représentant de Wendigo pour le féliciter et le remercier. Mais au moment de serrer la main de Smith, tous avaient un mouvement de recul, frappés de malaise.

Les journalistes se sont rués pour recueillir des réactions d'un peu tout le monde. Très populaire avec sa verve et son aplomb, Stéphane Bureau enchaînait les entrevues télé comme un vieux pro. Je me suis approché pour saisir ses propos.

— … pis c'est certainement pas des artisses de Mourial qui vont venir nous dire quoi faire icitte (il montrait Ross Déry du doigt, lui aussi en entrevue plus loin). Qu'y commencent donc par gérer leur ville comme du monde avant de faire la morale. Si y veulent continuer d'avoir des subventions pour faire leurs films, ben y va falloir qu'y aye du monde qui travaille pour payer des impôts. Mort-Terrain, c'est un village forestier pis minier. Si y a pus de bois pis pus de mine, ben y a pus de village. On peut toujours ben pas toutes rester à Mourial.

La journaliste souriait, totalement sous le charme du gros bon sens de Bureau. On pouvait trouver la forme un peu primaire, mais sur le fond, il soulevait des enjeux économiques et urbanistiques fort légitimes.

J'ai rejoint les Indiens dans leur coin. Claude était en entrevue. Jim parlait en algonquin avec Ghyslain et

Jerry. Tous trois semblaient sonnés. Jim s'est tourné vers moi.

— On était en train de dire qu'on a jamais vu un Blanc parler algonquin comme ça. Il parle sans accent. Comme les vieux.

Claude s'est approché. Il semblait lui aussi déboussolé. Jim a éclaté.

— Tabarnak qu'on s'est fait manger ! Les as-tu vus baver devant la glissade d'eau ? On a aucune chance devant la magie de Wendigo. Regarde-les, ils sont déjà en train de faire la file pour vendre leur maison pis leur âme.

Je me suis permis de lui répondre :

— C'est quand même des jobs bien payées. Pis, honnêtement, ça sera pas une grande perte urbanistique de remplacer les maisons du village. Pour les gens, c'est une occasion unique d'avoir une maison neuve gratuite.

— Je le sais ben, mais à quel prix tout ça ? Eux autres, y s'en crissent de scraper leur village. Ça fait soixante ans qu'il existe. Nous, c'est la terre de nos ancêtres. As-tu vu la grosseur du trou qu'ils veulent faire ?

Pierre-Paul Ratel est arrivé, toujours combatif.

— J'ai parlé à des vieux du village qui veulent rien savoir de déménager. Va falloir organiser la résistance. Je vous l'avais dit que ça allait être *tough*.

Le sauna de l'après-midi m'avait ramolli les jambes. J'étais épuisé et le combat ne faisait que commencer. J'ai pris congé, songeur.

Dehors, une tempête de neige soufflait dans la nuit. Plusieurs villageois fumaient à l'abri sous le porche et discutaient en petits groupes. J'ai mis mon casque avant de disparaître dans la poudrerie.

7

LA CONSULTATION PUBLIQUE

La tempête a duré deux jours. Deux jours de blanc et de vent. Au total, il est tombé six pieds de neige. Du jamais vu. Ma maison était ensevelie. Du côté du chemin, la neige allait jusqu'au toit. J'aurais pu sortir directement par la fenêtre de ma chambre à l'étage.

À la première chute de neige, Stéphane Bureau s'était empressé de venir déblayer mon entrée avec la gratte de son pick-up. Cette fois-ci, il m'a bien fait comprendre que je ne pourrais pas compter sur lui. Il a déblayé toutes les entrées des riverains du lac Wawagosic, sauf la mienne. Bien que je circulais en skidoo, il me fallait quand même avoir accès à ma voiture. J'ai pelleté pendant deux jours pour me frayer un accès au chemin.

Les premiers temps, tout le monde se promenait en motoneige. Jamais l'invention d'Armand Bombardier ne m'était apparue si indispensable. Peu à peu, les routes sont redevenues praticables, et le village est revenu à la normale.

J'étais à mon bureau lorsque j'ai reçu un téléphone de Martin Langevin. Il fallait absolument que je rapplique chez Elzéar Vaillancourt. J'ai pris ma trousse et enfourché ma motoneige comme un cowboy. J'ai emprunté la piste qui reliait la réserve au village. J'en connaissais maintenant chaque virage, chaque dénivellation.

La maison de Zéar était située sur la route Principale, directement en face de l'hôtel, à peu près au centre de la future fosse. Une auto de la SQ était stationnée devant. L'entrée n'avait pas été déblayée, et des traces de pas menaient à la porte de côté. J'ai stationné le skidoo derrière l'auto-patrouille. Habillé en uniforme de la SQ, Langevin est venu m'ouvrir, l'air grave. Ti-Nouche était assis à la table de la cuisine, le menton dans les mains, complètement éteint. Tous les deux avaient gardé leur manteau et laissé de la neige partout où ils avaient marché. La maison était glaciale et puait la cigarette.

Assis dans sa chaise berçante, sentinelle figée devant la fenêtre du salon, Elzéar était mort. Les yeux fermés, il aurait pu être endormi, tant il avait l'air paisible avec ses deux mains reposant sur les accoudoirs. Mais je savais qu'il était mort. Langevin a confirmé :

— C'est Ti-Nouche qui l'a trouvé comme ça. Il n'avait pas eu de nouvelles depuis trois jours. Pauvre Zéar.

Je me suis approché du corps. Il était glacé comme un jambon. Aucun pouls, évidemment. Je l'ai examiné brièvement. Aucune blessure apparente. Ti-Nouche s'est enquis de son oncle.

— Pis, doc ?

— Je trouve rien pour l'instant. Je vais l'examiner plus à fond à la clinique. Mais ça m'a tout l'air que son cœur a lâché. Il avait quel âge ?

— Soixante-dix-huit.

— À cet âge-là, ça arrive souvent que les morceaux lâchent. On peut pas toujours les remplacer, malheureusement. Mais il est mort sans souffrir, probablement dans son sommeil.

Langevin tripotait le mécanisme d'un cendrier sur pied à côté de la chaise du défunt. La maison était vieillotte et sombre, mais bien tenue. Sur le comptoir de la cuisine, une dinde achevait de décongeler dans une assiette ébréchée. J'examinais une série de photos sur le mur de l'escalier. La plupart étaient en noir et blanc. La plus vieille montrait un couple sévère avec une femme à chignon et un homme aux allures d'Abraham Lincoln. Ti-Nouche s'était approché. Je me suis informé.

— Ses parents?

— Oui. Mon grand-père Irénée pis grand-maman Flo. Ils ont défriché un rang à Val-Paradis. Ils ont eu neuf enfants pis y sont morts sur leur terre.

Je m'attardais à une photo où l'on voyait la façade de la maison d'Elzéar. Sur le perron, un jeune garçon était assis dans un divan, plâtré des pieds jusqu'au torse. Reliant ses chevilles, une tige immobilisait ses jambes. J'ai demandé à Ti-Nouche :

— C'est toi?

— Oui. À douze ans. Ch'us tombé du toit de la grange. Un an et demi dans le plâtre. Mononc' Zéar s'est occupé de moi toute l'été. Une chance qu'il était là.

— T'as été chanceux de t'en tirer.

Il m'a regardé de ses grands yeux bleus dilués derrière le verre de ses lunettes, la tête penchée en arrière, comme pour insister sur sa petite taille. Je fixais les poils qui dépassaient de ses immenses narines.

— Tu trouves?

J'ai regardé une autre photo. Celle-ci était en couleur. On y voyait un jeune Elzéar dans la trentaine, cigarette au bec, en chemise à carreaux, avec une casquette irlandaise, posant fièrement devant un camion. C'était un vieux modèle de Mack chromé à nez plat, d'un mauve fulgurant. Le camion qui avait tué l'Indien!

Je tentais de ne rien laisser voir de mon trouble. Ti-Nouche a poursuivi avec un vague sourire.

— Ça, c'était son *truck*. Y en a-tu charrié de la pitoune!

— Est-ce qu'il laissait quelqu'un d'autre le conduire, des fois?

— Es-tu fou ! Son *truck*, c'était toute sa vie. Jusqu'à tant qu'il arrête d'un coup sec.

— Comment ça ?

— Un beau jour de juillet, il est arrivé en disant qu'il voulait pus rien savoir de charrier du bois. Y a vendu son *truck* pis y est allé bûcher.

— Comment ça ?

— On l'a jamais su. Y a jamais voulu dire pourquoi.

J'ai quitté en demandant à Langevin de faire transporter la dépouille à la clinique.

*

Dès le lendemain, j'ai procédé à l'examen du corps d'Elzéar Vaillancourt. Le docteur Pédo Comeau m'assistait par Skype. Ça me dégoûtait de savoir qu'il tripotait des enfants, mais j'avais encore besoin de lui. Du moins, jusqu'à la fin de mon stage. Même si je le savais coupable, je ne pouvais pas le faire condamner sur la simple foi d'un songe. Depuis notre première rencontre, son regard fuyant m'avait toujours paru dissimuler quelque chose. Ses dégueulasseries expliquaient aussi le fait qu'il examinait toujours les enfants seuls, alors que les parents sont censés être là.

À l'université, on s'était exercés sur des cadavres, mais c'était la première fois que j'ouvrais un corps pour vrai. Nous avons conclu à une mort naturelle due à un arrêt cardiaque. Les funérailles ont eu lieu trois jours plus tard dans la minuscule église de Mort-Terrain. Tout le village y était entassé, dans une étrange atmosphère tendue.

Instinctivement, les Morterrons s'étaient divisé l'église en deux clans. Du côté gauche, on retrouvait les partisans déclarés de la mine, notamment la mairesse et la gang à Bureau. À droite, on pouvait repérer les opposants, ou ceux qui n'étaient pas alignés. Plusieurs vieux, qui ne voulaient pas quitter leurs maisons, mais aussi des commerçants et des jeunes inquiets pour l'environnement. Depuis la rencontre de jeudi dernier, le clivage entre les deux groupes était manifeste et la suspicion gangrenait le village. La division était telle que tout le monde était forcé de se prononcer. Le moindre geste était interprété comme un appui ou une opposition à la mine.

Le simple fait de faire son épicerie indiquait son allégeance. Les deux commerces étaient situés face à face, en plein cœur de la future fosse. Denis Dugas, qui tenait le Axep de père en fils, refusait qu'on détruise le village et assurait que personne ne le forcerait à déménager son commerce. Quant à la propriétaire du Bonichoix, Sylvie Langevin (la sœur de Martin), elle profiterait du déménagement gratuit pour agrandir et changer de bannière ; elle militait farouchement pour la mine. Jusqu'à la semaine dernière, les Morterrons encourageaient alternativement les deux commerces pour leur permettre de survivre. Dorénavant, les pro-mine magasinaient chez Bonichoix, et les anti, chez Axep. Ces derniers avaient aussi abandonné le bar de l'hôtel à Bureau et sa gang. Puisque la mairesse Linda Bureau était propriétaire de l'hôtel, il était entendu qu'elle voulait reconstruire en plus grand dans l'hypothétique nouveau quartier.

Pour la cérémonie funéraire, une trêve était respectée, mais on sentait que l'air était chargé d'hydrogène et pouvait s'embraser à la moindre étincelle. Mais tout Mort-Terrain avait connu le défunt et tenait à lui rendre un dernier hommage. Officiée par le petit abbé Bisson, l'homélie fut très touchante. Zéar était un bon gars tranquille, toujours prêt à aider son voisin, et tout le monde avait un bon mot à dire sur lui. Je me demande ce que l'Indien qu'il avait frappé aurait pensé de cette hagiographie. Mais en ce moment, cette communauté avait profondément besoin d'unité et je n'allais pas salir la mémoire d'un mort. Surtout sur la simple foi d'une hallucination dans un sauna. Et, en toute honnêteté, peu de Morterrons se seraient formalisés de la mort d'un Indien survenue quarante ans plus tôt.

Mais étais-je le seul à avoir remarqué qu'Elzéar était mort après avoir appris qu'il serait obligé de déménager? En effet, j'avais établi sa mort au lendemain de la rencontre avec Wendigo. Je l'avais vu se rasseoir avec difficulté dans la salle, incapable d'accepter l'idée que sa maison allait disparaître au fond du plus grand trou du monde. Celui qu'on lui creuserait au printemps allait être beaucoup plus modeste.

*

Sur le coup, il était difficile d'établir exactement le point de bascule des événements, le moment exact à partir duquel un retour en arrière n'avait plus été possible. Était-ce la découverte de la foreuse? La rencontre d'information avec Wendigo? Fallait-il remonter à la mort de Jeffrey Mowatt ou même au chevreuil que j'avais frappé en arrivant à Mort-Terrain? Les phénomènes avaient d'abord surgi isolément, sans cohérence apparente, puis s'étaient enchaînés de plus en plus rapidement pour culminer en une apothéose tragique.

*

J'étais à la clinique lorsque j'ai reçu un appel paniqué de Nadine. Je devais venir chez elle de toute urgence. Derrière sa voix affolée, j'entendais les hurlements et les pleurs stridents des enfants qu'elle gardait chez elle. J'ai pris ma trousse et sauté sur mon skidoo.

Arrivé chez les Sauvageau, j'ai trouvé Nadine complètement hystérique, qui tournait en rond en débitant un mantra dément.

— Y les a mordus! Y les a mordus! Y les a mordus!

Sur le coup, j'ai eu l'impression qu'une bombe avait explosé dans la maison. Une dizaine d'enfants ensanglantés étaient couchés sur les divans ou par terre dans le salon en désordre. Les enfants pleuraient, le vacarme était assourdissant. Kevin, très calme, était assis dans le divan et regardait fixement un vieux dessin animé de Spiderman sans son. Il avait la bouche et les mains barbouillées de sang, mais ne semblait pas blessé.

J'ai balayé la scène d'un coup d'œil rapide pour prioriser mes interventions. Couché par terre entre deux coussins, un bambin d'environ six mois hurlait, le visage couvert de sang. Son nez avait disparu et ses narines étaient réduites à deux trous sanguinolents. Je lui ai appliqué un pansement, puis administré un sédatif.

Voyant que Nadine ne se calmait pas, je l'ai saisie par les avant-bras en tentant de la rassurer. Elle a planté des yeux fous dans les miens en criant pour couvrir le tumulte de pleurs.

— Julien, c'est Kevin qui les a mordus! Y les a mord...

Paf! Ma claque l'a sonnée.

— Nadine, calme-toi! Je suis là. Je vais soigner les enfants. Va dans la cuisine, appelle Krystel et dis-lui de venir nous aider.

Elle s'est ressaisie et a pris le téléphone sans fil sur la table de la cuisine. Je butinais pour soigner les enfants. Certains étaient griffés au visage et sur les bras. Une fillette de quatre ans avait une plaie dentelée de la taille d'un œuf sur le biceps. On lui avait carrément arraché une bouchée de chair et elle saignait beaucoup. J'ai dû lui faire des points de suture en vitesse. Un petit garçon avait l'oreille gauche déchirée. Je travaillais vite et bien. Dopée par l'adrénaline, ma tête était claire, et mes gestes, précis.

Tous les enfants étaient en état de choc. Je leur ai donné à chacun un sédatif. Krystel est arrivée dans des leggings noirs et un manteau de fourrure très court. Elle a pris soin des enfants avec un sang-froid qui m'a surpris. Elle était beaucoup plus fonctionnelle que Nadine, qui observait la scène appuyée sur le cadre de porte, les bras repliés sur la poitrine, complètement tétanisée.

Tous les jeunes ayant reçu les premiers soins, il a fallu appeler les parents. Krystel s'en est occupée avec célérité. Je les ai reçus un par un en tentant d'atténuer la portée des événements. Il y avait eu un incident avec Kevin, mais aucun enfant n'était en danger. Pour le bambin, une ambulance était en route de La Sarre.

Les parents qui venaient chercher leur enfant étaient horrifiés. Certains insultaient Nadine en disant qu'ils avaient toujours su que Kevin causerait des problèmes. Personne ne comprenait vraiment ce qui était arrivé. Peu à peu, le silence est revenu. J'ai donné un calmant à Nadine. Elle nous a tout raconté d'une voix monocorde.

— Les petits étaient dans le salon en train d'écouter un film. Je faisais du lavage en bas. Tout d'un coup, j'ai entendu des hurlements. En arrivant dans le salon, Kevin en avait déjà mordu plusieurs. J'ai essayé de l'arrêter, mais il était comme possédé. Y est vraiment rendu fort. Y était comme un animal déchaîné. Y mordait à pleines dents... une oreille, un nez, un bras... Les enfants criaient. C'était l'enfer.

— C'est fini, là. Sylvain est pas là?

— Sylvain, je sais pas il est où, pis c'est aussi ben comme ça.

Je lui ai écarté doucement une mèche de ses beaux cheveux noirs du visage. Elle a pris ma main et m'a regardé avec désespoir pour la deuxième fois depuis que je la connaissais. Je l'ai rassurée.

— Repose-toi. T'as fait ce qu'il fallait.

Quand je suis parti, Krystel était en train d'enlever le sang sur la bouche et les mains de Kevin avec une débarbouillette. Il se laissait faire comme si elle nettoyait du pouding.

*

Puisqu'on ne pouvait plus mettre les pieds au bar de l'hôtel, j'avais invité Jim à boire une bière chez moi. Maintenant que je connaissais son secret, le moindre de ses gestes m'apparaissait révéler des signes d'homosexualité. En ce moment, il était assis dans le divan avec la jambe croisée très haut sur sa cuisse. Est-ce que ça voulait dire quelque chose ? J'étais ridicule.

Je lui avais raconté les événements chez Nadine. En mode médecin, je ne réfléchissais pas, j'agissais. L'adrénaline évaporée, la scène m'apparaissait totalement malsaine. Jim m'a regardé gravement.

— C'est le Wendigo, Julien.

— Kevin ?

— Pas Kevin, John Smith, le représentant de la mine. Un grand squelette pas de lèvres, qui parle toutes les langues et qui jette des sorts au monde. Il a maudit Mort-Terrain. Sa magie noire va donner le goût de la chair humaine aux Morterrons. Kevin, c'est le premier, mais y va y en avoir d'autres.

Mon restant de rationalité tentait de résister aux thèses surnaturelles.

— Au cas où t'aurais pas remarqué, Kevin c'est un enfant lourdement handicapé. Il a le corps d'un enfant de six ans mais l'intelligence d'un bébé. Nadine n'était même pas là quand ça a commencé. Peut-être qu'un des enfants l'a provoqué et qu'il a réagi en le mordant. À cet âge-là, ils mettent tout dans leur bouche.

— Tu peux croire ce que tu veux, mais les petites bouchées d'enfants, c'était juste un amuse-gueule. Maintenant que le Wendigo a goûté le sang, ça va aller en empirant.

Il avait l'air sérieux. J'ai frissonné. Des bruits de pas sur la galerie m'ont fait sursauter. On a cogné à la porte. Jim m'a regardé avec l'air de me demander si j'attendais quelqu'un. Je me suis levé pour répondre.

J'ai ouvert à un gars et une fille dans la jeune vingtaine, sympathiques, avec des gros manteaux Canada Goose et des chapkas. La fille tenait dans ses mains un pad avec des feuilles. Le gars portait un sac à poignée qui semblait contenir une grosse boule de quille. Ils avaient de belles dents droites et blanches et semblaient sortis d'une pub de Coors légère. La fille a pris la parole.

— Bonsoir monsieur Daigneault. Désolés de vous déranger à cette heure, est-ce qu'on peut vous parler ?

L'air froid de la nuit s'engouffrait dans la maison. Je les ai invités à entrer.

— C'est à quel sujet ?

— Je m'appelle Marie-Pier. Lui, c'est Gabriel. On travaille pour la minière Wendigo. Avez-vous entendu parler du projet de mine à Mort-Terrain ?

— Euh, oui. Comme tout le monde.

— Alors vous savez qu'il va y avoir une grosse fosse en face du lac. Pour vous éviter les désagréments, Wendigo vous propose d'acheter ou de déplacer votre maison.

— Vous avez pas perdu de temps.

— Si on veut commencer les travaux au printemps, faut se préparer.

— Je peux pas vous vendre la maison, elle n'est pas à moi. Je la loue.

— Est-ce que vous pourriez m'indiquer comment je peux joindre le propriétaire ?

— Non. C'est pas de vos affaires.

Mon ton était sec et froid. Le gars souriait toujours bêtement. La fille ne s'est pas laissé démonter. Ils auraient fait d'excellents témoins de Jéhovah.

— Pas de problème. On va s'arranger pour trouver le propriétaire.

Le gars a pris la parole en sortant l'objet contenu dans son sac. Ça semblait assez lourd. La fille l'a aidé.

— En guise de cadeau, la minière Wendigo aimerait quand même vous offrir cette dinde.

Il avait réussi à la sortir du sac et brandissait une grosse volaille Butterball congelée. J'étais estomaqué.

— Vous pensez que vous allez nous acheter avec une dinde ?

— Actuellement, vous êtes le seul riverain qui n'a pas encore vendu sa maison. Tous vos voisins ont signé.

Le gars tendait toujours la dinde devant lui avec le sourire d'un enfant qui montre un dessin à ses parents.

— J'en veux pas de votre dinde, ch'us végétarien.

— C'est bien, monsieur Daigneault. Bonsoir. Désolés de vous avoir importuné.

Avec difficulté, le gars a remis la dinde dans le sac avant de sortir à la suite de sa compagne. J'ai claqué la porte et je suis retourné m'asseoir en vidant ma bière d'un trait. J'étais furieux.

— Ils achètent le monde avec une dinde ! Non mais c'est-tu nous autres qu'y prennent pour des dindes ?

Je chialais à voix haute en marchant vers le frigo pour me servir une autre bière.

— Une dinde, tabarnak !

Jim ne m'écoutait plus et avait allumé la télé. C'était les nouvelles nationales à RDI. On voyait des images de la rencontre d'information. Au bas de l'écran, un bandeau indiquait : village de Mort-Terrain. Je me suis rassis en vitesse sur le bout de mon fauteuil. Jim a monté le son.

C'était un reportage sur le projet de mine à Mort-Terrain. Tout le monde avait son moment de gloire. On voyait des entrevues avec Bureau, la mairesse, Sauvageau, Claude Papati et des citoyens inquiets. Tous les points de vue étaient représentés avec un certain équilibre. La journaliste concluait en disant que le projet polarisait le village et que rien n'était encore joué. Elle annonçait que les différentes opinions pourraient se faire entendre lors des audiences du BAPE de la semaine prochaine et que Wendigo devait absolument recevoir l'aval des commissaires pour aller de l'avant.

La chef d'antenne a enchaîné avec un résumé de la période des questions à l'Assemblée nationale. Le parti au pouvoir, minoritaire, proposait un projet de loi augmentant sensiblement les redevances minières au Québec et permettant aux municipalités de bloquer des projets miniers sur leur territoire. Les deux partis d'opposition étaient contre, prétextant que l'imposition d'embûches aux minières allait les faire fuir et causer des pertes d'emplois. Je commentais à voix haute.

— Ben c'est ça, qu'y s'en aillent. Pendant ce temps-là, le minerai va pas disparaître. Si ça se trouve, y va prendre de la valeur.

Une manifestation contre le projet de loi avait eu lieu devant le parlement. Des mineurs venus de toute l'Abitibi avaient imploré le gouvernement de « sauver les jobs » et de ne pas augmenter les redevances. Jim est intervenu.

— Sais-tu ce qu'y font, les minières ? Ils payent les gars pour aller manifester en leur disant que, si le gouvernement augmente les redevances, ils vont baisser leur salaire, ou pire, fermer la mine.

— Ostie de minières du câlisse ! Ils envoient le petit monde au front pour défendre leurs profits. C'est toujours les pauvres qui font la guerre des riches.

— Et derrière les portes, y se payent des lobbyistes, souvent des anciens ministres des Ressources naturelles, pour casser les lois du gouvernement.

Le segment minier se terminait avec une entrevue de la chef d'antenne avec le tandem de choc Pierre-Paul Ratel et Ross Déry. Parfaitement complémentaires, ils offraient un contrepoint tout en métaphores au discours des mineurs. Avec sa voix pointue et incisive, Ratel a dénoncé le système des *claims* qui, selon lui, spoliait les Québécois de leur sol. Il a aussi martelé que les richesses naturelles du Québec appartenaient à tous les Québécois, et que ce n'est pas parce que les minières créaient de l'emploi qu'il fallait se mettre collectivement à genoux devant elles. « Une compagnie peut pas refuser de payer sa matière première sous prétexte qu'elle paie ses employés, hein. » Il appelait aussi les mineurs à une solidarité nationale pour le partage des richesses collectives au Québec.

La méthode de Ross Déry était plus posée. Il avait une voix douce et apaisante. Tout le contraire de la crécelle à Ratel. Perdue dans ses yeux gris, la chef d'antenne était littéralement hypnotisée. Elle lui a laissé la parole, en l'approuvant avec des hochements de tête empathiques. Il a parlé de son enfance en Abitibi, de la beauté des lacs et des rivières sauvages de la région. Il a insisté sur les dommages environnementaux des mines. Enfin, il a appelé tous les intervenants préoccupés par la nature à déposer un mémoire aux audiences du BAPE à Mort-Terrain.

Jim a profité de la pause publicitaire pour fermer la télé et annoncer son départ. Nous étions tous les deux songeurs. Pendant qu'il enfilait son manteau, je lui ai dit :

— Au moins, le débat s'est élargi à tout le Québec. Les ressources naturelles, ça concerne tous les Québécois. On n'est pus tout seuls au combat.

Jim était plus pessimiste.

— Penses-tu vraiment que ça va changer quelque chose ? Qui s'intéresse à Mort-Terrain, à part deux, trois écolos du Plateau ? Tout ce qui intéresse le monde, c'est la création d'emplois. Pour un gouvernement, une job, c'est un vote. C'est pour ça que le projet de loi passera pas. Le gouvernement va reculer pour pas perdre le vote des mineurs.

— Mais on va quand même aller au BAPE dire ce qu'on pense.

— On va y aller. Mais j'y crois pas trop. On aura beau gueuler tant qu'on veut, les Indiens, ça représente 1 % de la population du Québec, éparpillé sur un territoire trois fois grand comme la France. D'un point de vue électoral, un Indien ça vaut rien.

Il a ponctué sa tirade en zippant son manteau. Fataliste, il a ajouté en me regardant dans les yeux :

— De toute façon, on peut rien contre la magie du Wendigo. Une glissade d'eau pis des dindes, c'est tout ce que ça lui prend pour acheter un village.

Il m'a serré la main. Juste avant de refermer la porte, il a passé la tête dans l'entrebâillement en répétant :

— Des dindes…

*

D'après ce que j'avais compris, pas mal de monde mangeait de la dinde ces temps-ci à Mort-Terrain. Même que l'épicerie Bonichoix commençait à manquer de sauce à hot chicken. Les gens succombaient et vendaient leur maison une par une à Wendigo. Désuni et suspicieux, le village s'étiolait dans l'isolement d'un hiver sibérien.

À mon arrivée au mois d'août, le seul sujet de discorde entre les habitants était les pick-up. La moitié du village ne jurait que par la puissance du Ford F-150, alors que l'autre préférait le confort du RAM 1500. Pour les deux factions, ce choix de modèles fondamentaux était l'objet de constantes remarques qui ne dépassaient jamais la taquinerie. La trame sociale de Mort-Terrain était tissée si serré que tout le monde l'avait crue indestructible. Mais il avait suffi d'un fil tiré pour que tout le tissu s'effiloche.

J'occupais mes journées à préparer mon mémoire pour le BAPE. Le collectif Bonnemine me fournissait expertise et documentation. En termes de santé publique, je m'interrogeais sur la contamination possible des nappes phréatiques par l'écoulement du cyanure contenu dans les résidus miniers. Il y avait aussi la question des risques d'exposition de la population aux poussières de silice et au gaz cyanhydrique que pourrait transporter le vent pendant le dynamitage. J'étais aussi préoccupé par la préva-lence accrue des cas de cancers répertoriés aux abords d'une mine. Pour un médecin, une fois dispersée la magie des projections en 3D de Wendigo, il restait beaucoup de questions préoccupantes autour de ce projet.

Je travaillais à mon bureau, quand Krystel est entrée sans cogner. Elle titubait et avait ses deux mains dans la face. Son visage était tuméfié et ensanglanté. Je l'ai aidée à s'asseoir sur la table d'examen.

— Qu'est-ce qui s'est passé ?

Elle a articulé avec difficulté, en parlant du nez.

— Un accident niaiseux. J'avais pas encore attaché mes bottes, j'ai couru pour répondre au téléphone, pis je me suis enfargée. Je me suis cogné la tête sur le comptoir.

Je l'ai examinée attentivement. En plus de sa lèvre du haut complètement fendue, elle saignait du nez et son œil enflé était fermé. Sa camisole blanche était complètement imbibée de sang. Elle avait du sang séché entre ses deux gros seins.

Elle était salement amochée. Après avoir épongé le sang et refermé les plaies, je l'ai regardée franchement dans son œil valide.

— Maintenant tu vas me dire ce qui t'est vraiment arrivé. Ça se peut pas que tu te sois fait ça en te cognant sur un comptoir.

Elle a fini par lâcher :

— Ah, pis de la marde. Y mérite pus que je le protège. C'est Stéphane qui m'a fait ça.

Je m'en doutais, mais la confirmation m'a ébranlé. Elle a poursuivi :

— C'est vrai que je me suis cognée sur le comptoir, mais disons que le gros sale m'a aidée. Y m'a prise par les cheveux, pis y m'a frappé la face sur le comptoir.

J'étais dégoûté.

— Combien de fois ?

— Je sais pus trop. J'ai arrêté de compter après cinq.

— Hein ! Pourquoi y a fait ça ?

— C'est vraiment *weird*. Je regardais le lac pis j'ai juste dit que je trouvais ça dommage qu'on perde notre belle vue parce qu'on avait vendu notre maison à Wendigo. Là, y est comme devenu fou. Y criait comme un débile, la tête renversée par en arrière avec les bras en avant. Y m'a ramassée par les cheveux pis y m'a câlissé la tête sur le comptoir. (Elle mimait le geste.) Bang ! Bang ! Bang ! Comme un marteau.

— Ben voyons donc !

— Après ça, y m'a laissée tomber à terre comme une poche de patates. J'étais quasiment sans connaissance.

Je voyais pus rien tellement j'avais du sang dans la face. Là, y est tombé à genoux devant moi en répétant : s'cuse, s'cuse, s'cuse. Mais le plus fucké, c'est qu'entre chaque excuse il me lichait le sang dans la face.

— Quoi ?

— C'était vraiment dégueulasse. Il me lichait avec sa grosse langue comme s'il voulait goûter mon sang. Ça faisait un ostie de bruit de chien qui boit de l'eau. Je freakais ben raide. Y était comme possédé. On dirait que ça me faisait plus peur de me faire licher que de me faire frapper.

Elle frissonnait de dégoût.

— Quand ch'us partie pour m'en venir icitte, y était écrasé à terre pis y se lichait les doigts pleins de sang.

— Ça n'a aucun sens. Faut que tu portes plainte.

— Je vais faire mieux que ça. Je vais crisser mon camp à Montréal. Ça fait assez longtemps que j'y pense. Le gros câlisse, y a fini de me taper dessus. Merci pour tout, Julien. Salut.

Avant même que j'aie pu faire quoi que ce soit, elle avait ramassé son manteau et partait en coup de vent. Je lui ai lancé :

— Fais attention.

Elle avait du cran, la petite. C'était la première fois que j'entendais quelqu'un de Mort-Terrain vouloir quitter le village. Dans les circonstances, c'était probablement une très bonne idée.

*

La deuxième partie des audiences du BAPE a duré deux jours. Les séances avaient lieu dans le gymnase de l'école. On avait adjoint un autre commissaire à Renaud Dubreuil. Quiconque s'était inscrit pouvait venir s'exprimer. Ça allait du simple citoyen aux organismes et entreprises. En gros, les intervenants se divisaient en deux types : les environnementalistes et les thuriféraires du développement économique. Les deux commissaires étaient très patients et écoutaient tout le monde avec au moins un semblant d'attention. Certains participants étaient plus originaux que d'autres dans la forme.

Deux jeunes musiciens du village que je ne connaissais pas avaient déposé leur mémoire sous forme de chanson interprétée en direct à la guitare. C'était assez bien tourné. Un genre de «Rue principale» des Colocs (qui faisait rimer Wendigo, pogo et Winnebago), avec juste assez d'humour pour faire passer l'éditorial environnemental. Le commissaire adjoint s'est même laissé aller à taper du pied. Je ne sais pas dans quelle mesure les propos des jeunes allaient être considérés, mais leur chanson a au moins eu le mérite de détendre l'atmosphère.

Une petite fille de douze ans a lu un poème sur la maison de son grand-père, qu'elle ne voulait pas voir disparaître dans un trou. Un type de la scierie a dit qu'on était assis sur un trésor et qu'il fallait être cave pour ne pas le déterrer.

Plusieurs intervenants ont noté avec justesse que Wendigo avait déjà acheté des maisons avant même de savoir si le projet allait être autorisé par le BAPE. Ce qui soulevait des questions sur la pertinence et la crédibilité du processus de consultation. Pourquoi consulter la population, si la décision était déjà prise ?

Quant à moi, ma présentation s'est très bien déroulée. Fort des conseils de Pierre-Paul Ratel, j'étais bien préparé. Essentiellement, je me préoccupais de la santé des citoyens de Mort-Terrain, mais aussi des travailleurs de la mine. Pendant que je parlais, les commissaires prenaient des notes, ce qui est toujours bon signe. On m'a demandé des précisions sur les sources des études que je citais. Après que j'ai eu terminé, Ratel m'a félicité tout bas.

— T'as bien fait ça.

J'étais suivi par le représentant de la Chambre de commerce et d'industrie d'Abitibi-Ouest, qui soutenait le projet pour ses retombées économiques à l'échelle de la région. Il a été interrompu par le grand-père de la petite-fille qui avait lu un poème.

— C'est facile de parler d'argent, vous êtes à Rouyn. C'est pas vous qui allez vivre à côté du trou dans le bruit pis la poussière. Pis à part ça...

Le commissaire Dubreuil a ramené le vieux à l'ordre et l'orateur a terminé son plaidoyer.

On avait gardé les Indiens pour la fin. Leur délégation d'une vingtaine de personnes comprenait des résidants de Mézézak, le conseil de bande au complet et des représentants du conseil de la Première Nation abitibiwinni. Comme d'habitude, ils étaient calmes et dignes. Leurs inquiétudes ont été reçues avec une sollicitude sincère par les commissaires.

Leurs préoccupations étaient de deux ordres. Ayant adapté leur langage à celui des Blancs, ils avaient remplacé la terre-mère par l'écosystème. Même si la mine n'était pas sur la réserve à proprement parler, ils craignaient la perturbation du territoire nécessaire à leur mode de vie basé sur la chasse, la pêche et la trappe. Notamment, ils redoutaient la contamination ou la baisse du niveau d'eau du lac Mistaouac. Ils se demandaient quels effets auraient le bruit, la poussière et la pollution sur le gibier. Déjà qu'il fallait aller de plus en plus au nord pour chasser. Allaient-ils être contraints de déménager une seconde fois?

D'un point de vue légal, les Algonquins prétendaient n'avoir jamais cédé leurs droits territoriaux par traité. Ce qui signifiait que toute l'Abitibi leur appartenait et que Wendigo devait absolument obtenir leur autorisation avant de creuser. En cas de sourde oreille, ils entendaient bien faire valoir leurs droits jusqu'en Cour suprême. Ghyslain Cananasso a terminé sa plaidoirie avec une citation attribuée au chef sioux Sitting Bull : «Quand le dernier arbre sera abattu, la dernière rivière empoisonnée, le dernier poisson capturé, alors l'homme blanc réalisera que l'argent ne se mange pas.»

Ainsi ont pris fin les consultations du BAPE à Mort-Terrain. Le sort en était jeté. Il fallait maintenant attendre la décision. La délégation algonquine s'était réunie dans la salle du conseil de bande, où un goûter était servi. Pierre-Paul Ratel et moi y étions les deux seuls Blancs.

Pour Jim, la cause était entendue. Cette parodie de consultation était une mascarade destinée à donner une illusion de pouvoir aux citoyens.

— Pendant qu'on attend le BAPE, Wendigo va de l'avant. Ils ont déjà dépensé des millions en études et dans l'achat des maisons. Pensez-vous réellement que le BAPE va bloquer leur projet?

Toujours positif et pugnace, Ratel a proposé :

— C'est pour ça qu'il faut préparer maintenant la défense des droits territoriaux devant les tribunaux.

— Ben voyons donc! Des tribunaux de Blancs! Encore du blabla pour gagner du temps. Même si on gagne, ils vont aller en appel. Avant qu'on se rende à la Cour suprême, Wendigo a le temps de vider dix fois la mine pis de disparaître en faisant faillite. C'est de la téléportation, crisse! On peut rien contre ça.

Je ne l'avais jamais vu aussi maussade et défaitiste. Visiblement, il en avait plein le scalp des Visages pâles à langue fourchue.

8

Les études d'impact

Nadine est passée me voir à la clinique avec Kevin. Ça n'allait plus du tout. En apparence, rien n'avait changé, mais la nuit, il était en proie à des crises d'une fureur inouïe. Il en était rendu à se mordre lui-même. La semaine dernière, elle avait trouvé son fils assis dans son lit en train de se ronger le majeur comme si c'était une aile de poulet. Son visage et son pyjama étaient pleins de sang. Dieu seul sait comment, il avait gribouillé une sorte de W ensanglanté sur le mur de sa chambre.

À bout de ressources, elle avait demandé au père Bisson d'exorciser son enfant. Selon ses dires, le petit abbé avait pris l'exercice au sérieux, avec tout ce qu'il fallait d'eau bénite et de locutions latines. En vain. Les crises nocturnes de son fils avaient même empiré. En dernier recours, le curé avait recommandé à Nadine de prier pour le salut de l'âme de son fils. Comme s'il était déjà mort. Désespérée, Nadine s'était résolue à l'attacher dans son lit durant la nuit.

Depuis que Kevin avait mordu leurs enfants, aucun parent ne voulait les confier à la garde de Nadine. Le chômage de Sylvain avait pris fin la semaine précédente. Le pauvre était en dépression majeure et refusait de se soigner. Il passait ses journées au lit à manger des Alphaghetti en regardant des tournois de fléchettes et des championnats d'hommes forts sur RDS 2.

Épuisée et démunie, Nadine vacillait au bord du ravin de la folie. Elle me suppliait de l'aider. J'ai examiné Kevin sans trop de conviction. Sa main gauche donnait l'impression d'être passée dans un hachoir à viande. J'ai pris une radiographie et constaté qu'il avait la phalange du majeur cassée. Il s'était mordu jusqu'à l'os !

Alors que je terminais de poser une attelle sur le doigt de son fils, j'ai proposé spontanément à Nadine d'aller passer la nuit chez elle pour constater de visu le problème. Elle a accepté en m'étreignant avec gratitude.

*

À vingt-deux heures trente, j'étais devant la maison des Sauvageau. Engourdi dans la neige, le village dormait depuis longtemps. Comme je ne voulais pas qu'on sache que je couchais chez Nadine, j'avais pris mon auto, moins bruyante que la motoneige. En me dirigeant vers la porte rapidement, le dos voûté, je me sentais plus cambrioleur que médecin. J'ai cogné doucement à la porte. Nadine est venue m'ouvrir et m'a invité à entrer. Elle n'était vêtue que d'un vieux t-shirt de Mötley Crüe blanc qui lui allait à mi-cuisse.

— Entre. Kevin et Sylvain dorment en haut.

De la cuisine, la lueur fantomatique de la hotte du poêle éclairait faiblement le salon. Je suis entré en enlevant mon manteau. On n'entendait que le glissement du nylon. J'avais à la main un sac d'épicerie qui contenait un objet circulaire. Nadine m'a demandé en chuchotant :

— C'est quoi, ça ?

— C'est une idée que j'ai eue. Sa chambre est où ?

— Viens.

Je l'ai suivie sur la pointe des pieds. Dans l'escalier qui menait à l'étage, les marches craquaient dangereusement. Pendant l'ascension, sa croupe se dandinait sous le chandail. Ce dernier était trop grand, de sorte qu'elle avait le visage du bassiste Nikki Sixx et du guitariste Mick Mars sur les fesses. Le tissu était tellement usé qu'il en devenait transparent. Il était évident qu'elle ne portait rien dessous. C'était épouvantablement excitant. Je me suis mordu la lèvre pour m'empêcher de lui pogner le cul.

La chambre de Kevin était éclairée par une veilleuse. Je distinguais encore la trace d'un gros W sur le mur attenant au lit. Nadine a relevé doucement le couvre-lit de Spiderman. Dans son pyjama de l'Homme-araignée, l'enfant dormait paisiblement sur le dos, les bras le long du corps. Avec son majeur gauche enrobé dans son attelle, il avait l'air de nous envoyer paître dans son sommeil. Il était sanglé au lit avec les courroies dont on se sert habituellement pour attacher un chargement dans un camion. On aurait dit le gisant d'un roi-enfant.

J'ai regardé Nadine en mettant mon index sur ma bouche. Avec précaution, j'ai grimpé sur une chaise pour suspendre au plafonnier le capteur de rêves que j'avais apporté. Le filet pendait au-dessus des pieds de Kevin. J'ai replacé la chaise et fait signe à Nadine de sortir. Au bout du corridor, j'entendais Sylvain ronfler.

Toujours à tâtons, sur la pointe des pieds, nous sommes descendus jusqu'au sous-sol, où Nadine avait fait mon lit sur un divan. Il y avait un foyer allumé, des haltères alignés sur un support et un exerciseur elliptique. On aurait pu être dans n'importe quel sous-sol de Laval. La porte refermée, on pouvait parler sans risquer d'éveiller les dormeurs.

Le foyer devait chauffer depuis un bon moment, car la chaleur était suffocante. Nadine a pris place sur une causeuse, tandis que je m'assoyais sur mon lit de fortune. Dans l'âtre, le bois craquait et le feu faisait onduler de longues ombres apaisantes. Elle me faisait face et n'avait que la moitié droite du corps éclairée, comme dans une toile de Rembrandt. Elle a recroquevillé ses jambes dans son chandail, ne laissant dépasser que ses deux petits pieds aux ongles vernis d'un rouge flamboyant. Une chaînette en or cerclait sa délicate cheville. Je ne sais pas si c'était intentionnel, mais elle commençait à m'attiser dangereusement.

— Faudrait pas que Sylvain se réveille. Il pourrait se poser des questions.

— Fais-toi-z'en pas. Y prend des somnifères. Ça l'assomme jusqu'à midi.

Elle a fait une pause, comme pour bien marquer le sous-entendu.

— Qu'est-ce que t'as mis dans la chambre de Kevin?

— Un capteur de rêves.

— C'est-tu une affaire d'Indiens? Sylvain aimera pas ben ben ça. Penses-tu que ça va marcher?

— Je le sais pas. Mais au point où vous êtes rendus, vous avez plus rien à perdre.

Je l'ai regardée dans les yeux. J'y lisais du désespoir et de l'épuisement, mais aussi autre chose. Une indicible lueur. J'avais vraiment chaud. Sans avertissement, j'ai lâché :

— Tu sais, pour Kevin, je le sais que c'est Sylvain qui l'a…

Nadine a bondi sur moi. Littéralement, elle m'a sauté dessus en s'assoyant sur moi. J'avais replié mes bras pour me protéger, mais elle m'a dégagé avec force pour me plaquer un féroce baiser sur la bouche. Nos langues se sont enroulées et ma raison a chaviré. Depuis le début, j'avais senti une tension électrique entre nous, et les fils se touchaient enfin.

Tandis que mes mains s'agrippaient à son cul, elle m'a empoigné par les cheveux, écrasant ses gros seins sur mon torse, et m'a embrassé dans le cou furieusement. Elle m'a mordu à la jugulaire. J'ai réprimé un cri et l'ai retournée brusquement. Elle a appuyé ses bras sur le dossier et replié un genou sur le divan pour m'offrir sa croupe. J'ai relevé son t-shirt et pétri ses fesses à pleines mains. Elle avait de grosses miches lisses, rondes et blanches comme deux pleines lunes.

Pas un mot. Que nos halètements sauvages et le froissement des tissus. J'ai enlevé mon chandail et baissé mon pantalon. J'étais rigide comme un tisonnier. En la prenant par les hanches, je l'ai empalée d'un seul coup. Elle a gémi, autant de douleur que de plaisir.

Mon esprit s'est brouillé et je ne voyais plus clair. Avec la chaleur et le feu, j'avais littéralement l'impression d'être en enfer. Si c'est vraiment comme ça pour l'éternité, gardez-moi une place. Je grognais à chaque coup de hanches. À chaque pénétration, elle répondait en basculant son bassin pour accentuer l'impact. Sa chute de rein était cambrée comme une rampe de saut à ski. Sous mes caresses, je sentais la sueur humecter sa croupe.

Mû par une pulsion irrépressible, je lui ai claqué une fesse. Paf! L'empreinte d'une araignée à cinq pattes sur la neige blanche de sa peau. Elle a marmonné en serrant les dents.

— Plus fort.

Paf! Cette fois-ci, j'avais ramassé la partie bien galbée du bas de la fesse et la claque a résonné comme un fouet.

— Plus fort.

Paf! J'avais fermé les yeux et je voyais danser des taches de lumière verte. Je n'avais jamais autant eu de plaisir de ma vie.

J'ai senti un liquide chaud couler le long de ma cuisse. Du sang. Son sang. Elle était menstruée. Le sang m'excitait comme un piranha. Je n'étais plus moi-même. J'avais été éjecté du poste de pilotage et un autre avait pris les commandes. Une créature féroce et carnassière. La cadence s'est accentuée.

Je me suis vidé d'un seul coup, paralysé par une décharge fulgurante, qui m'a électrifié jusqu'aux orteils. J'ai émis un long hurlement bestial. Nadine gémissait et se mordait l'avant-bras pour ne pas crier.

Nous sommes retombés chacun assis dans le divan, haletants comme des marathoniens au fil d'arrivée. Le bas du t-shirt blanc de Nadine était souillé de sang. Sa morsure au bras saignait. J'avais mal au cou.

Peu à peu, le silence a envahi la pièce. Dans le foyer, une bûche achevait de se consumer. Il faisait presque noir. Nadine et moi reprenions nos esprits, assis aux extrémités du divan, reliés par nos bras étendus sur le dossier.

Soudain, un grand cri, suivi d'une saccade de coups sourds. Ça venait d'en haut. Kevin! Nous sommes remontés quatre à quatre avec fracas. Au cours de l'ascension, j'ai réussi tant bien que mal à remonter mon pantalon.

Dans sa chambre, Kevin se débattait, toujours sanglé à son lit. Ses yeux restaient fermés, ses sourcils étaient froncés et sa bouche était pincée en un rictus contrarié. Au-dessus de lui, le capteur de rêves s'agitait furieusement, comme un filet dans lequel se débattait un saumon. Le cerceau tournoyait et les deux plumes virevoltaient en tous sens. On sentait une entité malfaisante se démener. Dans l'embrasure de la porte, Nadine s'est blottie contre moi.

Peu à peu, le capteur s'est calmé, jusqu'à s'immobiliser complètement. Kevin dormait de nouveau en paix. Sa poitrine soulevait régulièrement le couvre-lit. J'ai chuchoté :

— Y va être correct, asteure. Je vais y aller, moi.

Elle m'a reconduit jusqu'à l'entrée et m'a tendu mon manteau. Avec son chandail maculé et ses cheveux en bataille, elle avait l'air d'avoir passé un sale quart d'heure dans une sombre ruelle. Malgré tout, elle était radieuse et semblait soulagée d'un grand poids. J'ai remarqué la morsure à son bras.

— T'as un bobo, là

Elle a touché mon cou.

— Toi aussi.

On aurait dit la scène du trou dans les mitaines dans le film *La guerre des tuques.*

— On aura juste à dire que c'est Kevin qui nous a mordus pendant qu'il se débattait cette nuit. Merci pour tout, Julien.

Dehors, le village était figé dans le froid. Sur le retour, j'essayais de réfléchir à ce qui s'était passé. Bien sûr, c'était mal. Cocufier un gars sous son propre toit – en sa présence, de surcroît –, c'était assurément mal. Fourrer (car c'était bien de ça qu'il s'agissait) dans le sang d'une inconnue sans protection, ça aussi, c'était mal. Dieu sait ce qu'elle avait pu me refiler. Encore une fois, j'avais laissé mon jugement au vestiaire et compromis ma carrière de médecin. Mais d'un point de vue personnel, c'était carrément la meilleure baise de tous les temps. Une terrifiante intensité. La sensation grisante de pousser une Porsche à fond sur une route du littoral corse, avec le sentiment de défier la mort à chaque tournant et, paradoxalement, d'être fabuleusement en vie. Nadine avait semblé y trouver son compte elle aussi. Quant à Kevin, personne ne pouvait me reprocher de l'avoir libéré de ses cauchemars.

Arrivé chez moi, mes grosses bottes de castor crissaient sur la neige durcie de la galerie. De l'autre côté du lac, au-dessus de la montagne de l'ancienne mine, d'étranges lueurs vertes ont attiré mon attention. On aurait dit un volcan crachant des rubans d'émeraude. J'assistais envoûté à la majesté d'une aurore boréale, à laquelle se mêlait la vapeur de ma propre respiration. C'était aussi beau que les feux d'artifice à Montréal, mais sans musique et sans commanditaires. Le silence accentuait l'irréalité du spectacle. Un pur flamboiement d'absinthe et d'aiguemarine dans l'air glacé du Nord. Les nymphéas de Monet en mouvement dans les étoiles. Le fond d'écran d'un ordinateur cosmogonique. C'était absolument grandiose. Je revoyais en format géant la projection qui m'était apparue pendant que je faisais l'amour avec Nadine.

Je puais la sueur, le sperme et le sang. J'avais peut-être attrapé une gonorrhée. Et pourtant, appuyé sur la rampe de ma galerie en pleine nuit abitibienne, j'avais le sourire triomphant d'un gagnant à la loterie photographié avec Yves Corbeil.

*

Les jours suivants, impossible de me départir de ma bonne humeur. J'étais rendu comme Ti-Nouche, je sifflais sans arrêt. Je gardais un souvenir sulfureux de ma nuit avec Nadine et rien ne pouvait émousser mon bonheur. Quand le docteur Comeau m'a annoncé qu'il avait vendu sa maison à Wendigo et que j'avais jusqu'au premier janvier pour me trouver un logement, j'ai pris la chose du bon côté en me disant que c'était l'occasion de me faire construire une belle maison dans le nouveau quartier nord.

Nadine aussi avait de bonnes raisons de rayonner. Je l'avais croisée devant l'épicerie. Elle sortait du Bonichoix, et moi, du Axep. Notre secret nous rendait complices, mais rien n'y paraissait. Tout était rentré dans l'ordre avec Kevin. Il dormait bien et elle aussi. L'abbé Bisson mettait la guérison sur le compte des prières, mais elle savait que c'était le capteur de rêves. Sylvain n'avait pas remarqué l'objet. Lui-même allait beaucoup mieux. Il débordait d'activité et affichait un moral stratosphérique. Il se voyait déjà mineur et passait ses journées à consulter des livres sur les techniques d'extraction du minerai. Les bouquins avaient été livrés dans sa boîte aux lettres à son attention, dans une grande enveloppe qui ne portait aucun timbre. Dans le coin gauche, Nadine avait remarqué un logo avec un W et un M superposés.

Le couple avait aussi reçu une bonne nouvelle. Mise au fait de sa situation financière, la Fondation de la mairesse avait décidé de lui accorder une aide jusqu'à ce que Sylvain recommence à travailler. Ils allaient pouvoir descendre à Montréal offrir des traitements hyperbares à Kevin. Ainsi, l'argent de Wendigo aidait un enfant handicapé. Pas vraiment le genre de projet structurant pour diversifier l'économie de Mort-Terrain. Mais qui allait s'opposer à la charité chrétienne?

Nadine, Sylvain et moi étions probablement les trois seules personnes heureuses à Mort-Terrain. Le village était plus sombre et divisé que jamais. L'attente de la réponse du BAPE était insupportable pour tous. Dans la cour d'école, des batailles avaient lieu entre enfants de familles anti et pro mine.

Comme si ça ne suffisait pas, ça faisait maintenant deux semaines que la famille Sauvé était sans nouvelles de leur fils Jonathan, disparu lors d'une balade en motoneige. Des recherches étaient encore en cours, mais à part ses parents, personne n'entretenait de grands espoirs de le retrouver vivant...

La morosité semblait épargner Mézézak. Il faut dire que plusieurs trappeurs avaient gagné leur camp de chasse. Jim était de ceux-là. Ça faisait presque deux semaines que je n'avais pas eu de ses nouvelles. Dans la réserve, la vie continuait à couler tranquille. Bien sûr qu'on s'inquiétait d'une éventuelle mine à proximité de la communauté. Mais les Anishnabés regardaient le malheur de leurs voisins blancs sourire en coin. Cette fois-ci, c'était au tour des Visages pâles de se faire exproprier par la mine. La vengeance était douce au cœur de l'Indien.

*

Je revenais du centre de santé par la route de Mézézak. Exceptionnellement, j'avais pris l'auto parce que je devais arrêter à l'épicerie. En passant devant la maison des Lacroix, j'ai ralenti. L'entrée n'avait pas été déblayée depuis la tempête. Aucune trace de pas autour de la maison, comme si elle était abandonnée depuis toujours.

J'ai remarqué un détail qui m'avait échappé ce matin. Du côté gauche du terrain, quatre bouleaux étaient alignés. Les deux du centre étaient cassés et s'étaient inclinés l'un vers l'autre pour former un triangle. Avec les deux autres arbres droits dressés aux extrémités, l'ensemble formait un grand W. Mû par une étrange intuition, j'ai stationné mon auto derrière la station-wagon presque totalement ensevelie. Le plastique de la lunette arrière était défait et de la neige s'était engouffrée dans l'auto.

Je peinais à me frayer un chemin. Parvenu sur la galerie avant, j'ai tenté de voir par les fenêtres, mais les dernières lueurs du jour bombardaient les carreaux et les rendaient opaques. À gauche de la porte, le divan et le pied d'orignal du cendrier étaient recouverts de neige. La porte du dehors avait encore sa moustiquaire. En l'ouvrant, son ressort noir s'est étiré comme une sangsue, en grinçant. J'ai pris conscience de la pesanteur du silence. Aucun souffle dans les arbres, aucun oiseau, aucun signe d'activité humaine.

Mon cœur battait trop fort et trop vite. J'ai tourné la poignée, mais la porte résistait. Il était encore temps de m'en aller. J'ai appuyé mon épaule sur le battant, qui s'est ouvert d'un coup avec un petit craquement.

À l'intérieur, le désordre était consternant. Un fatras de bouteilles, de boîtes, de vieux jouets pour enfants et d'innombrables objets ménagers, dont une dactylo édentée, une machine à coudre à pédale et un rouet. J'avais l'impression de pénétrer dans le tombeau d'un pharaon pauvre. À ma gauche se trouvait une antique machine à laver cylindrique avec un tordeur à deux rouleaux. Un peu plus loin trônait un vieux poêle à bois Bélanger noir et blanc, sur lequel était posé un immense chaudron à poignées. Je me suis approché pour en examiner le contenu.

La maison était frigorifiée. Même les odeurs étaient anesthésiées. Dans le chaudron, une espèce de ragoût, avec un bout d'os d'un blanc trop brillant qui dépassait de la surface, avait complètement gelé. Dissimulée derrière un abat-jour en papier de riz, une silhouette assise à table m'a fait sursauter.

Daniel Lacroix était attablé, mort. Inutile de tenter de chercher un pouls, il devait être là depuis plusieurs semaines. Normalement, la puanteur aurait été insupportable, mais le froid avait complètement congelé le cadavre et empêché la putréfaction.

Dans sa main droite, Lacroix tenait ce qui ressemblait à un restant de gigot d'agneau rosé. Il était vêtu de son mackinaw et de sa salopette. Ses yeux étaient fermés et sa petite tête de belette reposait sur sa poitrine. C'était peut-être à cause de l'angle, mais sa bouche semblait sourire. La table était jonchée d'os et de bouts de viande.

Lacroix avait l'air d'un mannequin de cire en train de manger un bon repas. On aurait dit la version *trash* d'une exposition du Musée de la civilisation sur la vie des Canadiens français au début du xxe siècle.

Mon cœur battait la terreur dans mes tempes. Le dégoût me remontait dans la gorge. Une pulsion morbide m'ordonnait d'aller jusqu'au bout de mon pressentiment. J'ai poursuivi l'exploration. Le plancher craquait sous mes bottes de castor.

Je les ai découvertes dans une petite chambre à droite du poêle. Suspendues par le cou à des clous de six pouces plantés dans le mur, complètement nues : sa mère et sa femme.

Fixé à la fenêtre, un drap souillé laissait filtrer un restant de lumière grise. Au milieu de la pièce se trouvait un banc de scie DeWalt d'un jaune éclatant, dont la lame était maculée de sang séché. Sur la plaque d'acier, une hache et un couteau de boucher ensanglantés étaient posés parmi les morceaux d'un petit cadavre dépecé. Évidemment, il avait commencé par ses enfants. C'en était trop.

Juste avant de fuir, j'ai remarqué un congélateur dans le coin gauche de la pièce. Je n'ai pas eu le courage de l'ouvrir.

J'ai galopé à la fine épouvante jusqu'à mon auto et filé à toute vitesse à la maison. Encore essoufflé, j'ai téléphoné à Langevin en catastrophe. Je lui ai tout raconté. Il m'a dit de me calmer et de ne rien dire à personne. Il irait voir chez Lacroix et passerait chez moi ensuite. J'ai bu une longue rasade de scotch à même la bouteille. Je tremblais trop pour me verser un verre.

Quand Langevin est arrivé, il faisait nuit. Il m'a trouvé couché dans le divan avec un flacon de Lagavouline vingt ans. Il m'a enlevé la bouteille des mains en regardant autour.

— As-tu de la bière ?

Je lui ai montré le frigo du doigt en lui demandant d'une voix pâteuse :

— Pis ?

Il s'est débouché une cannette de Black Label avant de s'asseoir. C'était étrange de voir un policier de la SQ avec une bière.

— Tabarnak que c'est dégueulasse. J'ai jamais vu ça. On savait que c'était un ostie de fucké, mais à ce point-là... Manger ses enfants...

— Qu'est-ce qu'on va faire?

Malgré l'horreur, il semblait maîtriser la situation.

— J'ai un plan. En attendant, pas un mot sur la *game*. Tu sais doc, les Lacroix c'étaient des fous. Des ostie de fêlés de la bouilloire. Y crissaient rien de leurs journées. Les seules fois qu'on les voyait, c'était à l'épicerie.

Je repensais au chariot chargé de pogos.

— Mais de quoi y vivaient?

— Y étaient tous sur le BS. Ils collectaient encore le chèque du grand-père qui est mort depuis dix ans.

Je l'ai regardé avec un sourire narquois.

— Y plantaient du pot aussi.

— Ça se peut. (Il a regardé sa montre.) Bon, faut que j'y aille, moi. Tu sais Julien, faut pas parler de ça à personne, même pas à Jim. Imagine l'impact pour le village si ça se savait... Les journalistes qui débarquent de partout. Je vois déjà les titres : Mort-Terrain, le village cannibale.

— Mais Mart, ça va se savoir. Toute se sait à Mort-Terrain. C'est toi qui me l'as dit.

— Y a ben des secrets aussi à Mort-Terrain. Pour l'instant, à part toi pis moi, y a personne qui le sait. Pis si tu fermes ta gueule, personne va rien savoir.

Il a sifflé sa bière avant de me laisser sur cette prophétie énigmatique.

— D'icitte à demain, y a encore ben des choses qui peuvent se passer.

Je me suis fait couler un bain bouillant. L'eau chaude m'engourdissait le corps et l'esprit. Je ne pourrais jamais oublier ces deux femmes suspendues comme des quartiers de viande dans un frigo de boucher, avec leur peau flasque de la blancheur d'une brique de P'tit Québec.

*

Le lendemain, une surprise de taille m'attendait en repassant devant chez les Lacroix. La maison avait disparu, ravagée par un incendie. Un amas de poutres calcinées achevait de se consumer en fumant. Parmi les débris, j'ai reconnu la silhouette noircie de la laveuse. De profil, le tordeur avait l'air d'une petite tête de rapace au bout d'un cou décharné. On aurait dit un vautour géant surveillant un charnier.

En arrivant au centre de santé, j'ai trouvé Geneviève agitée derrière son comptoir et avide de partager la nouvelle.

— As-tu vu le feu chez Lacroix?

J'ai joué les innocents.

— Ben oui, c'est terrible. Qu'est-ce qui s'est passé?

Comme pour répondre à ma question, Sylvain Sauvageau est entré en coup de vent, complètement surexcité.

— Avez-vous vu la maison à Lacroix? Tabarnak, y reste pus rien!

Geneviève l'a relancé.

— Comment c'est arrivé?

— Sûrement un feu de cheminée. Y a fait pas mal frette ces temps-ci. Y chauffait au bois pis sa cheminée devait pas être ramonée.

— C'est épouvantable.

La machine à cancans s'est emballée.

— Martin m'a dit que Lacroix était mort en essayant de sauver le bébé.

Geneviève compatissait.

— Y était peut-être pas si pourri, après tout. Pauvres enfants.

220

— C'est peut-être aussi ben de même. Les parents étaient complètement craque pote.

— Mets-en, y envoyaient même pas leurs flos à l'école. Je sais même pas s'ils étaient inscrits à l'état civil. Le docteur Comeau m'a dit que la fille a accouché toute seule trois fois à la maison.

Sylvain a conclu avec une synthèse qui devait être représentative de l'opinion publique morterronne.

— C'est ben plate pour les enfants, mais bon débarras quand même.

Langevin avait bien réussi son coup. Non seulement sa mise en scène incendiaire était crédible, mais elle arrangeait tout le monde. Disparus en fumée, les fous du village ne dérangeraient plus personne.

J'ai invité Sylvain à passer dans mon bureau pour son examen. Convaincu que la mine allait ouvrir bientôt, il remplissait déjà un formulaire d'embauche. Il lui fallait un bilan de santé pour les assurances de Wendigo. Sur le plan physique, il était en bonne forme, quoiqu'il avait pris du poids ces derniers mois.

— Ouain, je sais, doc. J'me suis un peu laissé aller. Mais j'ai recommencé à m'entraîner. Je veux être *top shape* quand la mine va ouvrir.

Il a gonflé ses biceps avec un sourire de gamin. Ses yeux étaient trop mobiles et il tripotait tout ce qui était à sa portée. Manifestement, sa dépression avait fait place à une phase maniaque. J'ai tenté de contenir l'emballement de ses chevaux.

— Tu sais, Sylvain, c'est pas certain que la mine va ouvrir. Faut attendre la décision du BAPE.

— Maudit gouvernement de marde. Sont aussi ben de pas nous mettre les bâtons dans les roues.

Il répétait mot à mot les récriminations de Bureau.

— C'est un gros projet. Faut prendre le temps d'analyser toutes les conséquences. Une mine de cette

grosseur-là, ça va changer le village boute pour boute.
Y a pus rien qui va être pareil.

— Tant mieux. Ça fait assez longtemps que c'est
mort à Mort-Terrain. Y est temps qu'on se réveille.

— Si tu le dis. Bon, tourne-toi.

Il avait enlevé son t-shirt et je voulais l'ausculter
dans le dos. Il avait la même tache mauve que Kevin
au creux des reins.

— T'as la même tache que ton gars. Tu sais ce
que ça veut dire?

— Ça veut juste dire que c'est moi son père.

— C'est la tache mongoloïde. Ça veut dire que
vous avez du sang indien tous les deux.

Il s'est retourné sèchement.

— Comment ça que tu sais ça, toi? C'est pas vrai,
cette affaire-là. C'est rien qu'une rumeur. Y a personne
de ma famille qui a couché avec un Kawish. Mongol
toi-même, ostie de petit docteur à marde de Montréal!
T'aurais jamais dû venir icitte!

Il parlait à toute vitesse en se rhabillant. Il est
parti en marmonnant comme un sans-abri. Juste avant
de sortir, il s'est retourné, la mâchoire tremblotante
comme s'il allait s'effondrer en pleurs. Juste avant de
claquer la porte, il a hurlé:

— Ch'us pas un Indien, OK? Ch'us pas un Indien!

*

Le lendemain midi, je marchais dans le bois avec Jim.
Il m'avait proposé de l'accompagner à la pourvoirie
pour relever ses collets. La forêt était splendide de
blancheur. On avançait en raquettes dans un petit
sentier sinueux. Au-dessus de nous, les branches
ployaient sous le poids de la neige. Le grincement des
attelages de nos raquettes Tubbs était amorti dans un
silence ouaté. Même les Indiens avaient remplacé le

bois et la babiche par l'aluminium et le plastique. Le progrès s'infiltrait jusqu'au fond des forêts.

La récolte était bonne : quatre beaux lièvres tout blancs. À cause de la neige épaisse, il était plus facile de tendre une embuscade au gibier, car il empruntait les mêmes pistes. Il suffisait de repérer un passage étroit, par exemple sous une épinette tombée, pour suspendre un petit nœud coulant en fil de laiton à la hauteur de la tête de l'animal. Prise au piège, la bête s'étranglait elle-même en essayant de s'enfuir. Dès lors, le corps se congelait et pouvait se conserver plusieurs jours. Il fallait cependant faire le tour des collets quotidiennement, pour éviter que la viande ne soit mangée par les renards ou les loups. Je trouvais cruels ces petits gibets et je détournais le regard à chaque fois que Jim enlevait le fil autour du cou d'un lièvre.

Parvenus à une cascade gelée, Jim a dégagé une roche pour qu'on puisse s'asseoir. Il a sorti son thermos et nous a versé une infusion de thé du Labrador. C'était fabuleusement chaud et sucré. On regardait tous les deux le soleil chatoyer dans les sfumati glacés de la chute. Le froid n'avait pas seulement solidifié l'eau, mais aussi le temps. Comme si on regardait la photo d'une cascade. Les yeux perdus dans la chute, Jim a dit :

— Tu sais, Julien, asteure que t'as plus de maison, tu pourrais venir rester dans la communauté.

J'étais pris de court, mais flatté. De toute façon, les ponts étaient déjà coupés avec la moitié de la population de Mort-Terrain.

— Je pensais qu'il fallait être Indien pour rester sur une réserve.

— Normalement, oui. Mais dans ton cas, on pourrait faire une exception. J'en ai parlé à Claude, il est d'accord. Être Indien, c'est pas juste une question de sang. Ça prend la volonté de faire partie d'une culture, de la connaître, de l'incarner et de la partager. Pis ça, on pense que tu l'as.

— C'est vrai. J'ai guéri Kevin avec un capteur de rêves.

— Tu sais que tu pourrais devenir un vrai chaman. Achak pourrait t'apprendre la médecine traditionnelle.

L'idée était séduisante.

— Pourquoi pas?

— Tu pourrais habiter dans la maison de Jeffrey Mowatt. Dans une réserve, les maisons appartiennent au conseil de bande. Elles sont prêtées aux résidants. C'est sûr qu'y faudrait que ça reste sous le radar. Si le ministère des Affaires indiennes apprend qu'on prête des maisons à des non-Autochtones, ça va nous causer des problèmes. Mais en étant discret, tu pourrais rester là un bon bout, je pense.

— J'aurais juste à faire transférer mon courrier au centre.

— C'est sûr qu'il faudrait que ça passe au conseil de bande, mais d'après Claude, y aura pas de problèmes.

Au loin, un pic envoyait un message en morse sur un tronc gelé.

— Va falloir que j'apprenne l'algonquin.

— Tout le monde va t'aider. Tu iras voir les vieux. Je peux même te prêter une grammaire écrite par les missionnaires.

— *Migwetch.*

On a trinqué à ma nouvelle citoyenneté avec nos gobelets de plastique.

＊

Je suis revenu au centre de santé fourbu, mais heureux. J'avais la tête pleine de nouvelles possibilités. Recouverte de neige, la réserve me paraissait moins laide. J'ai remarqué qu'un capteur de rêves était accroché à côté de la porte de chaque maison. En montant les marches, je fixais l'immense capteur de rêves qui trônait au-dessus de l'entrée du centre de santé. Je savais maintenant que c'était beaucoup plus qu'une jolie décoration traditionnelle.

Je venais de poser le pied sur la galerie lorsque Geneviève a ouvert la porte en catastrophe. Elle est venue à ma rencontre en me tendant ma trousse.

— Julien, on te cherche partout. Faut que t'aille chez Sylvain Sauvageau. Vite !

J'ai bondi sur mon skidoo. Je conduisais le plus rapidement possible. J'avais un sinistre pressentiment.Un char de la SQ était stationné devant chez Nadine et Sylvain. Dès mon arrivée, Langevin est sorti du garage. Il titubait et paraissait sur le point de s'évanouir. En s'effaçant de la porte pour me laisser entrer, il a laissé tomber d'une voix presque éteinte :

— J't'avertis, c'est pas beau.

À l'intérieur, j'ai dû m'appuyer sur le mur pour ne pas m'effondrer.

Sylvain était pendu au bout d'une corde à canot jaune. Je ne l'ai pas reconnu tout de suite. Il n'avait pas de chandail. Sur son torse, un immense W était peint avec du sang. Entourée d'un bandeau, sa tête était penchée en avant. Des barres sanglantes étaient tracées sur son visage. Par terre, juste en dessous de son index droit coupé, un miroir était cassé dans une flaque de sang qui achevait de sécher. Sauvageau s'était barbouillé de peintures comme un Sioux sur le sentier de la guerre.

Par réflexe professionnel, je lui ai cherché en vain un pouls sur le poignet. Rien. Son corps était encore chaud. Des hurlements de femme ont surgi de la maison. Je suis entré par la porte qui donnait dans la cuisine. Langevin tentait de maîtriser Nadine, qui se débattait, complètement hystérique. Elle s'est jetée dans mes bras en pleurant de tout son corps.

— Pourquoi, Julien ? Pourquoi y a fait ça ?

Je l'ai fait asseoir. Sans qu'elle s'en rende trop compte, je lui ai administré un sédatif. Langevin s'était assis et pleurait, la tête dans ses mains. Son dos était secoué de spasmes épileptiques.

Depuis le salon, on entendait le rire nasillard de Bugs Bunny. Comme à son habitude, Kevin était vissé devant la télé, totalement étanche au drame qui se déroulait autour de lui.

*

La nouvelle du décès de Sylvain s'était propagée dans le village comme un feu de forêt en juillet. Tout le monde était commotionné. Si Mort-Terrain s'accommodait très bien de la mort des Lacroix, personne ne pouvait se résoudre au suicide de Sauvageau. Certes, il avait connu un automne difficile. Mais ces derniers temps, il avait repris du mieux et la perspective de travailler à la mine semblait l'avoir ragaillardi. Langevin et moi nous étions entendus pour ne rien révéler des sordides détails de sa mise en scène. Nadine était inconsolable. Ses parents étaient venus de Rouyn pour prendre soin d'elle.

Les funérailles ont eu lieu le 19 décembre, en pleins préparatifs de Noël, dans l'église bondée de Mort-Terrain.

Au premier rang, à droite de ses parents, Nadine était d'une grave élégance dans son tailleur noir. Son mascara avait coulé et lui donnait l'air d'un raton laveur. La douleur la magnifiait et je l'aurais volontiers réconfortée dans mes bras. À côté de sa mère, Kevin avait la majesté d'un prince dans son habit de velours noir. Il avait les cheveux charbon de son père et les grands yeux de sa mère. On entrevoyait déjà l'adulte d'une grande beauté qu'il allait devenir. Tout au long de la cérémonie, son regard est demeuré fixé sur le petit Jésus dans la crèche.

Assis derrière Nadine, Stéphane Bureau était prisonnier de sa chemise noire trop petite. Les yeux rougis, il était anéanti. Non seulement son meilleur ami venait de se suicider, mais Krystel était partie sans laisser d'adresse. Jim était le seul Indien parmi les Visages pâles. Même s'il savait que Sylvain avait détesté les Sauvages de son vivant, sa mort le désolait sincèrement.

Dans un élan d'ouverture qui l'honorait, Nadine avait proposé des funérailles communes avec la famille Lacroix. L'occasion pour le village de se solidariser dans le malheur, devant un cercueil et six urnes.

L'abbé Bisson dissimulait mal la fierté que lui procurait l'orchestration d'un si grand spectacle. Sept dépouilles. C'était quand même deux pour cent de la population de Mort-Terrain qui partait d'un coup. L'équivalent de soixante mille morts à Montréal.

Muni d'un micro-cravate sans fil, le petit prêtre pavoisait en toute liberté derrière l'autel. En bon séminariste, il roulait ses *r* et palabrait avec une stupéfiante certitude sur «l'allégresse de cette vie après la vie». Évidemment, tout ce beau monde irait directement au paradis. La mort canonise. Ainsi, un raciste bardasseur de bébé était transformé pour la postérité en «bon gars fidèle qui ne l'avait pas eu facile». Et on allait se souvenir d'un cannibale désaxé comme d'«un père de famille dévoué jusque dans la mort». Mais peut-être était-ce aussi bien ainsi.

Au son de la chanson «Dreamer» d'Ozzy Osbourne, le curé a invité Nadine à signer le registre de décès sur l'autel. Elle s'est avancée avec la dignité d'une veuve corse. Le célébrant lui a expliqué les détails du formulaire à remplir. Mais son micro était resté branché, de sorte que ses indications (date du décès, nom de la paroisse, signature ici) se mêlaient aux lamentations du Prince des ténèbres à travers les haut-parleurs. Tout simplement surréaliste.

Jamais à court de sophismes, le père Bisson patinait sur la bottine pour tenter de donner du sens à ce qui n'en avait pas. Mais ses triples axels rhétoriques ne leurraient personne. Le suicide de Sylvain Sauvageau n'avait rien à voir avec l'amour d'un dieu hypothétique, mais avec une insupportable souffrance humaine. Quant à la mort accidentelle de trois enfants innocents, quel dieu pouvait la justifier sans rire en les rappelant à lui au nom de l'amour?

En vérité, il n'y a aucune signification à donner à la trajectoire d'une vie. À l'échelle de l'univers, la création pure n'existe pas. Chaque nouvel élément est en fait une reconfiguration d'atomes existants. Au final, tout s'équilibre. En même temps que Jim m'avait officiellement proposé de devenir Indien, Sylvain s'était pris lui-même au collet parce qu'il ne pouvait pas supporter d'en être un.

Est-ce qu'il serait encore vivant si je ne lui avais pas parlé de sa tache? Probablement. Je m'en voulais d'autant que j'avais sauté sa femme pendant qu'il dormait. En m'emmurant dans la culpabilité, je prenais définitivement le pli des coutumes locales. À l'instar de Jim, Elzéar, Nadine, Sylvain, Langevin, Comeau, Lacroix et tous les autres, j'enfouissais moi aussi de lourds secrets dans le sol de Mort-Terrain. Et puisque je croyais maintenant à la malédiction du Wendigo, j'avais aussi tout ce qu'il fallait pour devenir un vrai Indien.

Au moment où débutent les funérailles de Sylvain Sauvageau, le Learjet 85 de Bombardier dans lequel est assis John Smith décolle de l'aéroport de Val-d'Or. Parvenu à trente-cinq mille pieds d'altitude, le représentant de la minière Wendigo étire ses jambes interminables et se détend. Il sourit de contentement. Puisqu'il n'a pas de lèvres, ça donne un drôle de sourire d'iguane.

Il a entre les mains la conclusion préliminaire du rapport du BAPE, transmise secrètement par le commissaire Dubreuil. Comme prévu, le projet minier aurifère Wendigo Mort-Terrain est autorisé avec conditions. Il s'agira dans l'ensemble de raffiner les études d'impact environnemental. Mais puisqu'il incombe à Wendigo de réaliser ces études, on pourra toujours étirer les délais et orienter les conclusions. La minière devra aussi injecter trois millions de dollars dans un fonds pour la reconstruction du site. Une bagatelle, considérant que la valeur du gisement atteint vingt-deux milliards de dollars. Et si jamais Wendigo oubliait malencontreusement de verser l'argent, il pourrait réapparaître ailleurs sous un autre nom, à l'abri des poursuites.

L'avion glisse sur un plancher de nuages en direction du Botswana. Les forages exploratoires réalisés par Wendigo dans le district de Ghanzi indiquent un gisement diamantaire très prometteur.

John Smith a grand faim. Son légendaire appétit est insatiable. Le copilote lui apporte son repas. Une belle assiette de foie. À peine poêlé.

9

Le devenir de la fosse (épilogue)

J'écris ces lignes assis sur une roche au bord du lac Mistaouac. Sur l'autre rive, les maisons de la réserve de Mézézak n'ont toujours pas de revêtement. J'ai la tête ensachée dans un filet antimoustiques, qui me couvre les bras et le torse. Jim avait raison : au mois de juillet, les mouches à chevreuil sont insupportables. Elles vrombissent agressivement, frustrées de ne pas pouvoir m'arracher de chair. À mes côtés, mon exemplaire de *La flore laurentienne* est ouvert à la page 157. L'air est chargé de la douce odeur balsamique d'une plante à feuilles longilignes dentelées, qui ressemble au cannabis, mais que j'ai identifiée comme la comptonie voyageuse. En y portant attention, je peux entendre la rumeur d'une activité mécanique en direction du lac Wawagosic.

Cinq ans se sont écoulés depuis mon arrivée à Mort-Terrain.

L'exploitation de la mine d'or a complètement métamorphosé le village. Le tas de mort-terrain atteint maintenant la taille du mont Saint-Hilaire. La pancarte d'accueil a été changée. Grammaticalement parlant, la nouvelle devise est adéquate, mais demeure d'un goût douteux : *Bienvenue à Mort-Terrain – Le plus gros trou du monde*. La fosse est effectivement pharaonique. De la passerelle d'observation, quand on regarde la machinerie excaver, on dirait des jouets Tonka. À force de creuser, Wendigo va sûrement parvenir en Nouvelle-Zélande un jour.

Au sud-ouest du lac Wawagosic, dix hectares de forêt ont été rasés pour entreposer des millions de tonnes de boues contaminées au cyanure. À cause du ruissellement des eaux de pluie toxiques, plus personne ne se baigne dans le lac. Plus personne non plus n'étend son linge lorsque le vent vient du sud. À cause de la poussière de silice. Les cas d'asthme ont aussi augmenté significativement.

Quoi qu'il en soit, la population de Mort-Terrain a doublé, les maisons ont été reconstruites à neuf dans le quartier nord, les pick-up de l'année pullulent, tout le monde travaille et tout le monde magasine avec le sourire au nouveau centre d'achats. La mairesse Bureau est systématiquement réélue par acclamation.

Financés par la Fondation de la mairesse, les frères Bureau ont racheté la scierie, qui a dû être agrandie pour répondre à la croissance du village. De plus en plus petits, les arbres sont coupés de plus en plus au nord. J'ai su par Langevin que Stéphane est maintenant en couple avec la serveuse Nathalie.

Au printemps suivant sa disparition, on a retrouvé le corps de Jonathan Sauvé. Ses jambes étaient cassées à la hauteur des genoux et formaient un grand W. Il était éventré, et son foie manquait. Tout le monde a cru que c'étaient les chiens errants de la réserve.

La dernière fois que j'ai eu des nouvelles de Krystel, elle avait terminé sa formation d'acrobate au Cirque du Soleil et partait travailler à Las Vegas pour la production *Zumanity*.

Nadine et Kevin ont déménagé à Laval. Elle travaille comme esthéticienne et fréquente un camionneur souvent parti. J'ai recouché une fois avec elle, mais la magie avait disparu. Concernant Kevin, les traitements hyperbares semblent donner de bons résultats. Le jour de son huitième anniversaire, il a dit «maman» pour la première fois.

Lorsqu'on va faire un tour à Montréal, c'est-à-dire deux ou trois fois par année, Jim fréquente un grand blond de ma promotion que je lui ai présenté. Personne à Mézézak n'est au courant de son secret.

Après avoir été débouté en Cour supérieure, le conseil de la Nation abitibiwinni tente de faire invalider la Loi sur les mines du Québec devant la Cour suprême, invoquant le fait que les Algonquins n'ont jamais renoncé par traité à leurs droits territoriaux ancestraux. La cause est pendante.

Quant à moi, à trente et un ans, je suis maintenant le médecin officiel du centre de santé de Mézézak. À part quand je les soigne, je n'ai plus vraiment de contacts avec les Morterrons. Ils considèrent mon déménagement sur la réserve comme une trahison incompréhensible et impardonnable. Tant pis.

J'ai laissé pousser mes cheveux et j'ai commencé à manger du gibier. L'automne dernier, j'ai tué mon premier orignal avec Jerry. Je parle algonquin couramment et j'apprends la médecine traditionnelle, sous la tutelle du chaman Achak. Grâce aux plantes, je ne prescris presque plus de pilules.

Ah oui, je fréquente Nicole McDonald depuis deux ans. J'ai entrepris des démarches pour adopter légalement son fils Dylan.

Nogome aja nikikenimidisonan awenen nin[1].

Petite-Patrie
Automne 2013

---

1. Maintenant, je sais qui je suis.

Merci

Jean Barbe. À qui j'ai parlé pour la première fois de cette histoire lors d'une manif au Printemps érable. Premier lecteur vigilant, il m'a retourné au travail (alors que j'espérais avoir terminé) avec plusieurs pages de notes bien serrées. Il avait raison, évidemment.

Jean Lagacé. Dont les judicieuses remarques d'ordre médical et botanique ont bonifié la vraisemblance de ce récit.

Mireille Thibault. Dont j'ai littéralement dévoré le livre *La légende du Wendigo, étude d'une possession criminelle.*

Pineault et Caroline Nepton Hotte. Pour l'anecdote qui fait pleurer.

Chafiik. Pour les photos.

Snou de Batlam. Pour le poème de Roland Giguère et le rêve de Champlain.

Migwetch

Rose-Anna McDougall. Pour la sagesse et la traduction en algonquin. *Kizagin.*

Samian. Mon frère de son, rappeur anishnabé, Métis passe-partout qui m'a ouvert la porte des Premières Nations.

La famille de Samian. Pour la fin de semaine au lac Abitibi.

Tshinashkumitin

Ernest Dominique, peintre innu. Pour l'inquiétante beauté de la toile en couverture.

TABLE

OUVRAGE RÉALISÉ PAR
LUC JACQUES, TYPOGRAPHE
ACHEVÉ D'IMPRIMER
EN FÉVRIER 2014
SUR LES PRESSES
DE MARQUIS IMPRIMEUR
POUR LE COMPTE DE
LEMÉAC ÉDITEUR, MONTRÉAL

DÉPÔT LÉGAL
1re ÉDITION : 1er TRIMESTRE 2014
(ÉD. 01 / IMP. 01)